D1440073

La memoria

833

LE INDAGINI DEL COMMISSARIO MONTALBANO

DELLO STESSO AUTORE

Andrea Camilleri

Il sorriso di Angelica

Sellerio editore
Palermo

2010 © *Sellerio editore via Siracusa 50 Palermo*
e-mail: info@sellerio.it
www.sellerio.it
2010 *novembre ottava edizione*

Camilleri, Andrea <1925>

Il sorriso di Angelica / Andrea Camilleri. - Palermo: Sellerio, 2010.
(La memoria ; 833)
EAN 978-88-389-2528-3
853.914 CDD-22

CIP - *Biblioteca centrale della Regione siciliana «Alberto Bombace»*

Il sorriso di Angelica

Uno

S'arrisbigliò subitaneo e si susì a mezzo con l'occhi prontamente aperti pirchì aviva di sicuro sintuto a qualichiduno che aviva appena appena finuto di parlari dintra alla sò càmmara di letto. E dato che era sulo 'n casa, s'allarmò.

Po' gli vinni d'arridiri, pirchì s'arricordò che Livia era arrivata a Marinella la sira avanti, all'improviso, per farigli 'na sorprisa, graditissima almeno al principio, e ora dormiva della bella allato di lui.

Dalla finestra passava un filo di luci ancora violaceo della primissima alba e allura riabbasciò le palpebri, senza manco taliare il ralogio, nella spranza di farisi ancora qualichi orata di sonno.

Ma subito appresso s'arritrovò novamenti con l'occhi sbarracati per un pinsero che gli era vinuto.

Se qualichiduno aviva parlato dintra alla sò càmmara, non potiva essiri stata che Livia. La quali dunqui l'aviva fatto nel sonno.

Prima non le era mai capitato, o forsi lei aviva in pricidenza qualichi volta parlato, ma accussì vascio da non arrisbigliarlo.

E capace che in quel momento continuava ad attro-

9

varisi in una fasi spiciali del sonno nella quale avrebbi ancora ditto qualichi altra parola.

No, quella non era un'occasioni da perdiri.

Uno che si metti a parlari all'improviso nel sonno non può diri che cose vere, le virità che tiene dintra di lui, non s'arricordava d'aviri liggiuto che nel sogno si potivano diri farfantarie, o 'na cosa per l'altra, pirchì uno mentri che dormi è privo di difisi, disarmato e 'nnuccenti come a un picciliddro.

Sarebbi stato 'mportanti assà non pirdirisi le paroli di Livia. 'Mportanti per dù motivi. Uno di carattiri ginirali, in quanto un omo può campare per cent'anni allato a 'na fìmmina, dormirici 'nzemmula, farici figli, spartirici l'aria, cridiri d'avirla accanosciuta come meglio non si pò e alla fini farisi pirsuaso che quella fìmmina non ha mai saputo com'è fatta veramenti.

L'altro motivo era di carattiri particolari, mominta-nio.

Si susì dal letto quatelosamenti, annò a taliare fora attraverso la persiana. La jornata s'appresentava sirena, priva di nuvole e di vento.

Po' annò dalla parti di Livia, pigliò 'na seggia e s'assittò al capezzali, squasi fusse 'na veglia notturna di spitale.

La sira avanti Livia, e questo era il motivo particolari, gli aviva attaccato un catunio giganti per gilusia, guastannogli il piaceri che aviva provato per la sò vinuta.

Le cose erano annate accussì.

Aviva squillato il tilefono e lei era ghiuta ad arrispunniri.

Ma appena che aveva ditto pronto, 'na voci fimminina all'altro capo aviva fatto:

«Mi scusi, mi sono sbagliata».

E la comunicazioni era stata chiusa 'mmidiato.

E allura Livia si era subito amminchiata che quella era 'na fimmina che se l'intinniva con lui, che quella sira tiniva un appuntamento e che aviva abbasciato la cornetta sintenno che lei era 'n casa.

«Vi ho rotto le uova nel paniere, eh?».

«Quando non c'è il gatto i topi ballano!».

«Lontano dagli occhi, lontano dal cuore!».

Non c'era stato verso di persuadirla diversamenti, la sirata era finita a schifìo pirchì Montalbano aviva reagito in malo modo, disgustato cchiù che dai sospetti di Livia, dall'inesauribili caterva di frasi fatte che quella tirava fora.

E ora Montalbano spirava che Livia diciva 'na minchiata qualisisiasi che gli avrebbi dato la possibilità di pigliarisi 'na rivincita sullenne.

Gli vinni 'na gran gana di fumarisi 'na sicaretta, ma si tenne. In primisi, pirchì se Livia rapriva l'occhi e lo scopriva a fumari in càmmara di dormiri, sarebbi successo un quarantotto. In secunnisi pirchì si scantava che l'aduri del fumo potiva arrisbigliarla.

Passate un dù orate, tutto 'nzemmula gli vinni un crampo violento al polpaccio mancino.

Per farisillo spariri, accomenzò a dunduliari la gamma avanti e narrè e fu accussì che, col pedi nudo, detti inavvertitamenti un gran càvucio al bordo esterno di ligno del letto.

Provò un forti dolori, ma arriniscì a tinirisi dintra la valanga di santioni che stava per scappargli fora.

La botta al letto fici però effetto, pirchì Livia sospirò, si cataminò tanticchia e parlò.

Disse distintamenti, senza aviri la voci 'mpastata e facenno prima 'na speci di risateddra:

«No, Carlo, di dietro, no».

Per picca, Montalbano non cadì dalla seggia. Troppa grazia, santantò!

A lui sarebbiro abbastate una o dù paroli confuse, il minimo 'ndispensabili per fargli flabbicare un castello d'accuse basate supra al nenti, alla gisuitica.

Ma Livia 'nveci aviva ditto un'intera frasi chiara chiara, minchia!

Come se era perfettamenti vigliante.

E 'na frasi che potiva fari pinsari a tutto, macari al pejo.

'Ntanto, non gli aviva mai fatto parola di un tali acchiamato Carlo. Pirchì?

Se non gliene aviva mai parlato, 'na ragioni seria doveva essirici.

E po' che potiva essiri 'sta cosa che lei non voliva che Carlo le faciva di darrè?

E di conseguenza: di davanti sì e di darrè no?

Principiò a sudari friddo.

Fu tintato d'arrisbigliare a Livia scutennula forti e malamenti, taliarla con l'occhi sgriddrati e spiarle con voci 'mpiriosa da sbirro:

«Chi è Carlo? Il tuo amante?».

Ma quella sempri fìmmina era.

E dunque capace di nigari ogni cosa, macari 'ntordonuta dal sonno. No, sarebbe stata 'na mossa sbagliata.

La meglio era attrovare la forza d'aspittari e tirare fora il discurso al momento cchiù adatto.

Ma qual era il momento cchiù adatto?

E po' abbisognava aviri un certo tempo a disposizioni, pirchì sarebbi stato uno sbaglio affrontari la questioni in modo diretto, Livia si sarebbi 'nquartata a difisa, no, nicissitava pigliari l'argomento alla larga, senza farle nasciri sospetti.

Addecidì d'annarisi a fari la doccia.

Di tornari a corcarisi oramà non sinni parlava.

Si stava vivenno il primo cafè della matinata quanno il telefono sonò.

Si erano fatte le otto. Non s'attrovava nell'umori adatto per sintiri parlari d'ammazzatine. Avrebbi semmai lui ammazzato a qualichiduno, se gliene s'appresentava l'occasioni.

Preferibilmenti qualichiduno che di nomi faciva Carlo.

Ci aviva 'nzirtato, era Catarella.

«Ah dottori dottori! Chi fa, dormiva?».

«No, Catarè, vigliante ero. Che fu?».

«Ci fu che ci fu un frutto che ci fu».

«Un furto? E pirchì veni a scassare i cabasisi a mia, eh?».

«Dottori, addimanno compressioni e pirdonanza, ma...».

«Ma, 'na minchia! Né compressioni né pirdonanza! Telefona subito ad Augello!».

A momenti Catarella si mittiva a chiangiri.

«Quisto appunto ci volevasi diri, spianno scusanza tantissima, dottori. Che il suddetto dottori Augello da stamatino attrovasi allicinziato».

Montalbano stunò. Ma manco 'na cammarera si pò cchiù licinziari su due piedi!

«Licenziato? E da chi?».

«Dottori, ma fu vossia stisso di persona pirsonalmenti ad allicinziarlo aieri doppopranzo!».

Montalbano s'arricordò.

«Catarè, è andato in licenza, non è stato licenziato!».

«E io che dissi? Non dissi accussì?».

«Senti, puro Fazio è stato allicinziato?».

«Macari quisto ci volevasi diri. Siccome che al mircato c'è stata 'na sciarriatina, il suddetto attrovasi in loco».

Non c'erano santi, attoccava annare a lui.

«Vabbeni, il denunziante è lì?».

Catarella fici 'na brevi pausa prima di parlari.

«Lì indovi che sarebbi, dottori?».

«Ma in commissariato, dove vuoi che sia?».

«Dottori, ma io come fazzo a sapiri chi è chisto lì?».

«C'è o non c'è?».

«Cu?».

«Il denunziante».

Catarella sinni ristò muto.

«Pronto?».

Catarella non arrispunnì.

Montalbano pinsò che la linea era caduta.

E lo pigliò il grannissimo, cosmico, irragionevoli scanto che l'assugliava quanno una tilefonata s'interrompiva: quello d'essiri ristato l'unica persona vivente in tutto l'universo criato.

Si misi a fari voci come un pazzo.

«Pronto? Pronto?».

«Ccà sugno, dottori».

«Pirchì non parli?».

«Dottori, vossia non s'offenni se ci dico che io non saccio che è 'sto denunzianti?».

Calma e pacienza, Montalbà.

«Sarebbe quello che ha subito il furto, Catarè».

«Ah, quello! Ma non s'acchiama denunzianti, s'acchiama Piritone».

Cioè a diri grosso peto. Possibbili?

«Sicuro che si chiama Piritone?».

«La mano supra al foco, dottori. Piritone Carlo».

Gli vinni di mittirisi a fari vociate, dù Carli nella stissa matinata erano difficili da supportari.

Sintiva che tutti i Carli del munno in quel momento gli stavano 'ntipatici.

«Il signor Piritone è in commissariato?».

«Nonsi, dottori, tilefonò. Lui abita in via Cavurro tridici».

«Telefonagli che sto arrivando».

Livia non era stata arrisbigliata né dallo squillo del telefono né dalle sò vociate.

Nel sonno, aviva un leggero sorriso supra le labbra.

Forsi stava continuanno a 'nsognarisi a Carlo, la cretina.

L'assugliò 'na raggia 'ncontrollabili.

Pigliò 'na seggia, la isò in aria, la sbattì 'n terra.

Livia s'arrisbigliò di colpo, scantata.

«Che è stato?».

«Niente, scusa. Devo uscire. Torno per pranzo. Ciao».

Sinni niscì di cursa per non attaccari turilla.

Via Cavour faciva parti del quartieri indove che abitava la genti ricca di Vigàta.

Era stato progettato da un architetto che come minimo avrebbi miritato l'ergastolo. 'Na casa pariva un galioni spagnolo del tempo dei pirati, quella allato era stata chiaramenti ispirata al Pantheon...

Parcheggiò davanti al nummaro tridici, che assomigliava alla piramide di Micerino, scinnì, trasì, a mano manca c'era lo sgabuzzino di ligno e vitro del purtunaru.

«A che piano abita il signor Piritone?».

Il purtunaru, un cinquantino àvuto e stazzuto che chiaramenti praticava le palestri, posò il giornali che stava liggenno, si livò l'occhiali, si susì, raprì la porta dello sgabuzzino, niscì fora.

«Non c'è bisogno che si disturbi» fici Montalbano. «A me occorre solo...».

«A tia occorre uno che ti spacca la facci» fici il purtunaru, isanno il vrazzo dritto col pugno chiuso.

Montalbano strammò e fici un passo narrè.

Che gli pigliava a quello?

«Senta, aspetti, ci deve essere un equivoco. Io cerco il signor Piritone e sono...».

«Vattinni di prescia, senti a mia».

Montalbano pirditti la pacienza.

«Il commissario Montalbano sono, cazzo!».

L'altro s'imparpagliò.

«Davero?».

«Vuoi vedere il documento di riconoscimento?».

Il purtunaru si fici russo 'n facci.

«Maria, vero è! Ora lo staiu arriconoscenno! Mi scusasse, l'aviva pigliato per uno che voliva garrusiare! Mi scusasse ancora. Vidissi però che ccà non abita nisciun Piritone».

Naturalmenti, come a 'u solitu, Catarella gli aviva arrifirito un nomi sbagliato.

«E qualichiduno con un nomi somiglianti?».

«Ci sarebbi il dottor Peritore».

«Potrebbe essiri lui. A che piano?».

«Al secunno».

Il purtunaru l'accompagnò all'ascensori non finennola cchiù di scusarisi e fari inchini.

Montalbano pinsò che Catarella, a forza di dargli nomi di testa sò, un jorno o l'altro l'avrebbi fatto sparare da qualichiduno tanticchia nirbùso.

Il quarantino aliganti, biunno, sicco, con l'occhiali, che gli vinni a rapriri al commissario non arrisultò 'ntipatico come aviva spirato.

«Buongiorno. Montalbano sono».

«S'accomodi, commissario, le faccio strada. Sono stato preavvertito del suo arrivo. Naturalmente l'appartamento è in disordine, mia moglie e io non abbiamo voluto toccare nulla».

«Vorrei dare un'occhiata».

Càmmara di letto, càmmara di mangiari, càmmara dell'ospiti, saloni, studdio, cucina e dù bagni tutti suttasupra.

Armuàr e armadietti con le ante aperte e la robba che c'era dintra ghittata 'n terra, 'na libreria completamenti svacantata e i libri alla sanfasò supra al pavimento, scrivanie e tangèr coi cascioni aperti.

Latri e poliziotti avivano questo 'n comuni quanno perquisivano un appartamento; un tirrimoto di certo avrebbi lassato le cose tanticchia cchiù in ordini.

'N cucina ci stava 'na picciotta trentina, macari lei biunna, graziosa e gentili.

«Mia moglie Caterina».

«Le faccio un caffè?» spiò la signura.

«Perché no?» disse il commissario.

'N funno, la cucina era la càmmara meno sconquassata.

«Forse è meglio parlare qua» fici Montalbano assittannosi supra a 'na seggia.

Peritore l'imitò.

«Mi pare che la porta d'ingresso non è stata forzata» continuò il commissario. «Sono entrati dalle finestre?».

«No. Sono entrati con le nostre chiavi» disse Peritore.

Si 'nfilò 'na mano 'n sacchetta, tirò fora un mazzo di chiavi, lo posò supra al tavolino.

«Le hanno abbandonate nell'ingresso».

«Scusate, ma allora voi non eravate in casa quando è stato commesso il furto?».

«No. Proprio ieri sera siamo andati a dormire nella nostra casa al mare, a Punta Piccola».

«Ah. E come avete fatto a entrare qua se le chiavi le avevano i ladri?».

«Tengo sempre un mazzo di riserva dal portinaio».

«Scusate, non ho capito bene. Ma le chiavi per entrare qua i ladri dove le hanno prese?».

«Dalla nostra casa al mare».

«Mentre voi ci dormivate?».

«Esattamente».

«E lì non hanno rubato?».

«Certo che sì».

«Allora i furti sono stati due?».

«Esattamente».

«Mi perdoni, commissario» fici la signura Caterina sirvennogli il cafè. «Forse è meglio che le racconti io, mio marito non riesce a riordinare le idee. Dunque. Stamattina ci siamo svegliati alle sei con un po' di mal di testa. E subito ci siamo resi conto che i ladri, forzando la porta della villetta al mare, ci avevano storditi con qualche gas e avevano fatto i comodi loro».

«Non avete sentito niente?».

«Assolutamente niente».

«Strano. Perché vede, prima di addormentarvi, han-

19

no forzato la porta. Me l'ha appena detto lei. E qualche rumore...».

«Beh, noi eravamo...».

La signora arrussicò.

«Eravate?».

«Diciamo piuttosto brilli. Abbiamo festeggiato i cinque anni di matrimonio».

«Capisco».

«Insomma, non avremmo sentito le cannonate».

«Vada avanti».

«I ladri nella giacca di mio marito hanno trovato il portafogli con il documento d'identità e l'indirizzo della nostra abitazione, cioè questa, e le chiavi di qua e della macchina. Si sono messi comodamente in auto, sono venuti qua, hanno aperto, hanno rubato quello che c'era da rubare e addio».

«Cos'hanno portato via?».

«Beh, a parte la macchina, dalla casa al mare relativamente poco. Le nostre fedi, il Rolex di mio marito, il mio orologio coi brillanti, una collana mia di un certo valore, duemila euro in contanti, i nostri due computer, i cellulari, le carte di credito che però abbiamo bloccato».

Chiamalo poco.

«E una marina di Carrà» concludì la signora frisca frisca.

Montalbano satò supra alla seggia.

«Una marina di Carrà? E la tenevate così?».

«Beh, speravamo che non se ne capisse il valore».

E 'nveci l'avivano accapito, il valori.

«E qua?».

«Qua il bottino è stato più grosso. Intanto, il porta-gioielli con tutte le mie cose».

«Roba di valore?».

«All'incirca un milione e mezzo di euro».

«E poi?».

«Gli altri quattro Rolex di mio marito che ne fa collezione».

«E basta?».

«Cinquantamila euro. E...».

«E?».

«Un Guttuso, un Morandi, un Donghi, un Mafai e un Pirandello che mio suocero aveva lasciato in eredità a suo figlio» disse la signora tutto d'un sciato.

'Nzumma, 'na galleria d'arti d'enormi pregio.

«Una domanda» fici il commissario. «Chi lo sapeva che sareste andati a festeggiare l'anniversario del vostro matrimonio nella villa di Punta Piccola?».

Marito e mogliere si taliaro per un attimo.

«Beh, i nostri amici» arrispunnì la signora.

«E quanti sono questi amici?».

«Una quindicina».

«Avete una cameriera?».

«Sì».

«Pure lei lo sapeva?».

«Lei no».

«Siete assicurati contro i furti?».

«No».

«Sentite» disse Montalbano susennosi. «Dovete venire subito in commissariato a sporgere regolare denunzia. Vorrei la descrizione particolareggiata dei gioielli, dei Rolex e dei dipinti».

«Va bene».

«Vorrei anche l'elenco completo degli amici ch'erano informati con relativi indirizzi e numeri di telefono».

La signora fici 'na risateddra.

«Non sospetterà di loro, spero».

Montalbano la taliò.

«Lei pensa che s'offenderebbero?».

«Certamente».

«E lei non dica loro niente. Io vi precedo. Ci vediamo in commissariato».

E sinni niscì.

Due

Appena trasì in commissariato s'addunò che Catarella aviva la facci stracangiata e addulurata.

«Che fu?».

«Nenti, dottori».

«A mia lo sai che mi devi diri tutto! Avanti, che ti capitò?».

Catarella scatasciò.

«Dottori, non è corpanza mia se il dottori Augello vinni allicinziato! Non è corpanza mia se Fazio era ghiuto al mircato! A chi mi potivo arrivolgiri? Chi m'arristava? Vossia sulamenti! E vossia assai malamenti m'attrattò!».

Stava chiangenno e per non farlo vidiri a Montalbano parlava stando col corpo girato di tri quarti.

«Scusami, Catarè, ma stamattina ero nirbùso per i fatti mè. Tu non ci trasi. Scusami ancora».

Si era appena assittato in ufficio che gli s'apprisentò Fazio.

«Dottore, mi deve scusare se non sono potuto andare al posto suo, ma la sciarriatina al mercato...».

«Stamattina è la matinata delle scuse, a quanto pari. Vabbeni, assettati che ti conto di 'sto furto».

Alla fini, Fazio tistiò.

«Curioso» disse.

«Certo, è un furto studiato alla perfezioni. Qua a Vigàta non era mai capitata 'na cosa accussì studiata».

Fazio fici 'nzinga di no con la testa.

«Non m'arriferivo alla perfezioni, ma alla duplicazioni».

«Che significa?».

«Dottore, tri jorni fa c'è stato un furto preciso 'ntifico a questo, 'na stampa e 'na figura».

«E pirchì non ne sono stato 'nformato?».

«Pirchì vossia ci ha detto che non voli aviri scassati i cabasisi con storie di furti. Sinni è occupato il dottor Augello».

«Contami».

«Vossia l'accanosce all'avvocato Lojacono?».

«Emilio? Quel cinquantino grasso che zoppichìa?».

«Iddru è».

«Embè?».

«Ogni sabato matina la mogliere dell'avvocato sinni parte per Ravanusa e va a trovari a sò matre».

«Splendido esempio d'amor filiale. Ma a mia che me ne fotte? E che ci accucchia?».

«Ci accucchia. Tanticchia di pacienza. Vossia l'accanosce alla dottoressa Vaccaro?».

«La farmacista?».

«Iddra è. Macari sò marito ogni sabato matina sinni parte per annare a Favara a trovari a sò matre».

Montalbano accomenzò a essiri pigliato dal nirbùso.

«Vuoi arrivari al dunqui?».

«Ci staio arrivanno. Epperciò tanto l'avvocato Lojacono quanto la dottoressa Vaccaro s'approfittano dell'assenza dei rispettivi coniugi e il sabato notti se lo passano beatamenti 'nzemmula nella casa di campagna dell'avvocato».

«Da quand'è che sono amanti?».

«Da un'annata e passa».

«E chi lo sa?».

«Tutto il paìsi».

«Annamo beni. E com'è annata?».

«L'avvocato è un omo cognito per la sò precisioni, fa sempri li stessi gesti, non sgarra mai. Per esempio, quanno sinni va nella casa di campagna con l'amanti, le chiavi le posa sempri supra al televisori che sta a un metro da 'na finestra la quali veni lassata mezza aperta, notti e jorno, stati e 'nvernu. Chiaro?».

«Chiaro».

«I latri hanno passato un'asta di ligno longa chiossà di tri metri con la punta metallica calamitata attraverso la cancellata e attraverso la finestra hanno calamitato il mazzo di chiavi e se lo sono pigliato».

«Come avete fatto a sapere dell'asta?».

«L'abbiamo arritrovata sul posto».

«Continua».

«Con le chiavi, hanno aperto il cancello e il portoni senza fari rumorata, po' sunno trasuti nella càmmara di letto e hanno usato il gas per l'avvocato e la dottoressa. Si sono pigliate le cose di valori, appresso sono acchianati nelle dù machine, pirchì la dottoressa era annata all'appuntamento con la sò, e sono venuti ccà a Vigàta a razziare nelle rispettive case».

«Quindi i latri erano come minimo tri».

«E pirchì?».

«Pirchì doviva per forza essirici un terzo omo, quello che guidava la machina dei latri».

«Vero è».

«Mi spieghi com'è che le tv locali non hanno mai parlato di 'sta facenna?».

«Semo stati bravi. Avemo circato d'evitari uno scannalo».

In quel momento s'appresentò Catarella.

«Domando pirdonanza ma ci sarebbi che sarebbiro ora ora arrivati in loco i signori Piritone».

Montalbano detti un'occhiatazza a Catarella, ma preferì non dirigli nenti.

Capace che quello si rimittiva a chiangiri.

«Si chiamano accussì?» sbalordì Fazio.

«Ma quanno mai! Peritore si chiamano. Senti, arricivili da tia, piglia la dinunzia e l'elenchi che ti daranno e appresso torna ccà».

Doppo 'na mezzorata che stava a firmari carti, che supra alla sò scrivania cinni erano a tinchitè, squillò il tilefono.

«Dottori, ci sarebbe che c'è la sò zita».

«È qua?».

«Nonsi, supra alla linia attrovasi».

«Dille che non ci sono» disse d'impulso.

Catarella dovitti strammare.

«Dottori, dimanno compressioni e pirdonanza, forsi vossia non accapì a chi attrovasi supra alla linia. La suddetta trattasi della sò zita Livia, non saccio se mi sono spiegato...».

«Ho capito, Catarè, non ci sono».

«Come voli vossia».

E subito appresso Montalbano sinni pintì. Ma che minchiate faciva? Stava agenno come un picciliddro sciarriato con un'altra picciliddra. E ora come rimidiari? Gli vinni di fari 'na pinsata.

Si susì, annò da Catarella.

«Prestami il tò cellulari».

Catarella glielo detti, lui si diriggì al parcheggio, trasì nella sò machina, misi 'n moto, partì. Quanno fu 'n mezzo al trafico, chiamò a Livia col cellulari.

«Pronto, Livia? Salvo sono. Catarella mi ha detto che... Io sto guidando, sii breve, dimmi».

«E brava la tua Adelina!» esordì Livia.

«Che ha fatto?».

«Prima di tutto me la sono trovata davanti mentre ero nuda! Non ha bussato!».

«Scusami, ma perché avrebbe dovuto? Non sapeva che c'eri tu e dato che ha le chiavi...».

«Difendila sempre, tu! E lo sai che ha detto appena m'ha vista?».

«No».

«M'ha detto, o almeno così m'è parso d'avere capito dato che parla nel vostro dialetto africano: "Ah, lei qua è? Allora me ne vado. Buongiorno". Ha voltato le spalle e se ne è andata!».

Montalbano preferì sorvolari supra alla facenna del dialetto africano.

«Livia, lo sai benissimo che Adelina non ti sopporta. È una storia vecchia. Possibile che ogni volta...».

«Possibile sì! Neanche io la sopporto!».

«Lo vedi che ha fatto bene ad andarsene?».

«Lasciamo perdere che è meglio. Vengo a Vigàta coll'autobus».

«A fare che?».

«La spesa. Vuoi pranzare o no?».

«Certo che voglio pranzare! Ma perché ti devi disturbare tu? Sei venuta per due giorni di vacanza, no?».

Ipocrita fituso. La virità era che Livia non sapiva cucinari, ogni volta che mangiava un piatto priparato da lei, s'attossicava.

«E che facciamo?».

«Verso l'una passo a prenderti con la macchina e andiamo da Enzo. Tu intanto goditi il sole».

«A Boccadasse sole ne ho quanto ne voglio».

«Non lo metto in dubbio. Ma si potrebbe risolvere così. Qua lo potresti pigliare dalla parte di davanti, diciamo sulla faccia e sul petto, a Boccadasse invece dalla parte di dietro, cioè sulla schiena».

Si muzzicò la lingua. Gli era scappata.

«Che cretinate dici?» spiò Livia.

«Niente, scusami, volevo fare lo spiritoso. A più tardi».

Tornò in ufficio.

Fazio s'appresentò passata un'orata.

«Tutto fatto. È stata 'na cosa longa. Certo che 'sto furto gli rennì beni ai latri!».

«E quello di prima?».

«C'erano meno cosi di valori, ma assummanno quello che hanno attrovato nelle dù case, macari lì gli è annata bona».

«Devono aviri un basista che ci sapi fari».

«E macari la menti della banda non sgherza».

«Ne risentiremo parlari di sicuro. Te lo dettiro l'elenco dell'amici?».

«Sissi».

«Da oggi doppopranzo ti metti a controllarli a uno a uno».

«Vabbeni. Ah, dottore, gliene feci copia».

Posò un foglio supra alla scrivania.

«Di che?».

«Dell'elenco dell'amici dei signori Peritore».

Nisciuto Fazio, gli vinni 'n testa di telefonare ad Adelina.

«Pirchì non me lo disse che era arrivata la sò zita?» l'aggredì la cammarera.

«Pirchì non lo sapivo manco io che viniva. M'ha fatto 'na sorprisa».

«Macari a mia la fici la bella sorprisa! Tutta nuda era!».

«Senti, Adelì...».

«E quanno sinni va?».

«Forsi tra dù o tri jorni. T'avverto, non dubitari. Senti 'na cosa, tò figlio libbiro è?».

«Quali?».

«Pasquali».

I dù figli mascoli di Adelina, Giuseppe e Pasquale, erano degli sdilinquenti abituali che trasivano e niscivano dal càrzaro.

Pasquale, che Montalbano aviva qualichi volta arristato, era particolarmenti affezionato al commissario e anzi aviva voluto, con granni scannalo di Livia, che gli vattiasse il figlio.

«Sissi, momintaniamenti libbiro è. Giuseppi 'nveci no. Attrovasi 'n càrzaro a Palermo».

«Gli puoi diri a Pasquali se oggi doppopranzo, mittemo verso le quattro, veni in commissariato?».

«Chi fa? Lo voli arristari?».

Adelina si era allarmata.

«Tranquilla, Adelì. Parola d'onori. Gli voglio sulo parlari».

«Comu vossia cumanna».

Passò a pigliare a Livia che attrovò nella verandina che liggiva un libro, annirbata e mutanghera.

«Dove vuoi che andiamo?».

«Boh».

«Ti va da Enzo?».

«Boh».

«O da Carlo?».

Non esistiva nisciun ristoranti che s'acchiamava accussì, ma all'improviso, vista l'accoglienza che Livia gli stava facenno, aviva addeciso di dari battaglia.

E come finiva, finiva.

«Boh» fici per la terza volta Livia, 'ndifferenti.

Non aviva ammagliato a sintiri quel nomi.

«Sai che ti dico? Andiamo da Enzo e non se ne parla più».

Livia continuò ancora per cinco minuti a leggiri il libro, per semprici scattuseria, lassanno a Montalbano addritta allato a lei.

Arrivati alla trattoria, il proprietario, Enzo, s'apprecipitò a ossequiari a Livia.

«La billizza! Che piaceri arrividirla!».

«Grazie».

«Vossia è 'na vera grazia di l'occhi! 'Na vera sdillizia! Ma me lo spiega com'è che vossia, ogni volta che m'onora vinenno ccà, è sempri cchiù beddra?».

Un sorriso 'mproviso spazzò via dalla facci di Livia le nuvoli come un raggio di soli.

Ma com'è che ora quel dialetto non era cchiù africano e le arrisultava comprensibili?, si spiò Montalbano.

«Che desiderano?» addimannò Enzo.

«M'è venuto un certo appetito» fici Livia.

E se i complimenti di Enzo le facivano smorcare il pititto, figurati che effetto le dovivano fari quelli di Carlo!

Il nirbùso di Montalbano si raddoppiò.

«Ho spaghetti ai ricci di mare, frischissimi, pigliati all'alba, che sunno una bontà» disse Enzo.

«Vada per i ricci di mare» acconsentì Livia, sbattendo le ciglia come Minnie con Topolino.

«E vossia che piglia?» spiò Enzo al commissario.

«Io piglio 'sta forchetta e ci cavo tutti e dù l'occhi a la mè zita» pinsò Montalbano.

'Nveci disse:

«Io non ho tanto pititto. Portami 'na picca d'antipasti».

Doppo essirisi sbafata gli spaghetti, Livia sorridì al sò zito e gli posò 'na mano supra alla sò, accarizzannoccilla.

«Scusami per ieri sera».

«Ieri sera?» fici Montalbano fàvuso come un soldo fàvuso, facenno finta di non arricordarisi di nenti.

«Sì, ieri sera. Sono stata una vera stupida».

Ennò! Accussì non valiva!

Non era 'na mossa leali!

Montalbano si sintì spiazzato.

Fici un gesto con l'altra mano che viniva a significari tutto e nenti e murmuriò qualichi cosa.

Livia lo pigliò come paci fatta.

Quanno niscero dalla trattoria, Livia disse che voliva annare a Montelusa che era da tempo che non ci mittiva pedi.

«Prenditi la macchina» fici Montalbano.

«E tu?».

«Non ne ho bisogno».

Non aviva nicissità di farisi la solita passiata digestiva e meditativa molo molo fino a sutta al faro pirchì aviva mangiato picca e nenti.

Il fatto che Livia l'aviva mittuto nella condizioni di

non potiri parlari di Carlo gli aviva bloccato la vucca dello stomaco.

Ma se la fici lo stisso, nella spiranza di farisi sbariari il nirbùso.

Però, quanno s'assittò nel solito scoglio chiatto, l'occhio gli cadì supra alla granni torre che dominava il panorama.

L'aviva fatta costruiri Carlo V.

Ma quanti Carli c'erano al munno?

Vidennolo arrivari, Catarella si sbrazzò.

«Ah dottori! Ci sarebbe che c'è il figlio della sò cammarera che l'aspetta! Dice che vossia lo convoquò!».

«Fallo venire da me».

Trasì nell'ufficio, s'assittò darrè alla scrivania e comparse Pasquale.

Si stringero le mano.

«Come sta tò figlio?».

«Crisci ch'è 'na billizza».

«E tò mogliere?».

«Bona. E la signurina Livia?».

«Bene, grazie».

Esaurito il rituale, Pasquale attaccò:

«Mè matre mi disse...».

«Sì, ti devo spiare 'na cosa. Assettati».

Pasquale s'assittò.

«Mi dicissi».

«Per caso, t'è arrivata all'oricchi qualichi cosa supra a chisti furti recenti fatti con molta abilità?».

Pasquale pigliò un'ariata svagata. Po' sturcì la vucca in una 'sprissioni minimizzanti.

«Sissi. N' intisi qualichi cosuzza».

«E che cosuzza, per esempio?».

«Mah, cosi che si dicino... che uno li senti per caso... macari trovannosi a passari...».

«E che hai sintuto diri per caso, trovannoti a passari?».

«Dottori, io ce l'arrifiriscio, ma la facenna resta tra mia e vossia. Semo d'accordo?».

«Certamenti».

«Sintii diri che non è robba nostrana».

I latri di Vigàta perciò non ci trasivano.

«Questo l'avivo immaginato».

«Chisti sunno mastri d'opira fina».

«Già. Extracomunitari?».

«Nonsi».

«Genti del nord?».

«Nonsi».

«Allura?».

«Siciliani come a mia e a vossia».

«Della provincia?».

«Sissi».

Abbisognava adoperari le tinaglie, Pasquale non aviva piaceri di parlari della facenna col commissario.

'Na cosa è essiri amici, 'na cosa è mittirisi a fari la spia.

E po', con gli sbirri, meno parli e meglio t'attrovi.

«Pirchì, secunno tia, hanno addeciso tutto 'nzemmula di viniri a travagliare a Vigàta?».

Pasquale prima d'arrispunniri si taliò la punta delle scarpi, po' isò l'occhi al soffitto, appresso si soffermò supra la finestra e alla fini stabilì di raprire vucca.

«Foro chiamati».

Erano stati chiamati? Pasquale lo disse a voci accussì vascia che Montalbano non accapì.

«Parla cchiù forti».

«Foro chiamati».

«Spiegati meglio».

Pasquale allargò le vrazza.

«Dottori, si dici che sunno stati spressamenti chiamati da uno di ccà, di Vigàta. È lui che li diriggi».

«Quindi questo signori sarebbi nello stisso tempo il basista e la menti direttiva?».

«Accussì pari».

Capitava spisso che 'na banna di latri annasse 'n trasferta, ma non aviva mai sintuto diri di 'na banna spressamenti arrollata.

«Un latro?».

«Non m'arresulta».

Ahi! Se non era un latro professionista, la facenna s'appresentava cchiù complicata.

E chi poteva essiri?

E pirchì lo faciva?

Tre

«Tu come la vidi, Pasquà?».

«In che senso, dottò?».

«Diciamo dal tuo punto di vista».

Di latro, sottinteso.

Pasquale sorridì.

«Dottò, vossia la vitti l'asta?».

«Quali asta?».

«Quella calamitata del primo furto».

«No, non l'ho vista. E tu?».

Il sorriso di Pasquale si fici cchiù addivertito.

«Dottò, ancora 'sti trucchetti mi fa? Se avivo veduto l'asta, veni a diri che fazzo parti del gruppo dei latri».

«Scusami, Pasquà, m'è vinuto spontanio».

«Manco io l'ho veduta, l'asta, ma mi l'hanno descrivuta».

«E com'è?».

«Di un ligno spiciali, liggero e forti, tipo canna, ma fatta a cannocchiali. Mi spiegai? Un attrezzo fatto fari apposta, da tiniri bono per un'altra occasioni».

«Embè?».

«Me lo spiega pirchì l'hanno abbannunata sul posto

doppo il furto? Io me la saria portata appresso, tanto, essenno a cannocchiali, manco ingombrava».

«Lo sai che hanno lassato macari le chiavi del furto di stamattina?».

«Nonsi, non lo sapivo. E manco chisto mi torna. Un mazzo di chiavi pò fari sempri commodo».

«Senti, Pasquà, ti fazzo un'urtima dimanna. 'Sti latri hanno arrubbato macari tre machine. T'arresulta?».

«Sissi».

«Che ne hanno fatto?».

«Dottò, secunno mia, sinni sunno sbarazzati e ci hanno macari guadagnato».

«Come?».

«Se sunno machine di lusso c'è chi se l'accatta per portarle all'estero».

«E se non sunno di lusso?».

«Ci stanno sfasciacarrozze che le pagano bone per le parti di ricambio».

«Tu ne accanosci a qualichiduno?».

«Di cu?».

«Di 'sti sfasciacarrozze».

«Nun è la mè spicialità».

«Vabbene. Hai altro da dirimi?».

«Nonsi».

«Ti saluto e grazii, Pasquà».

«Baciolemano, dottò».

L'aviva accapito 'mmidiato che quei furti erano cosa di genti forastera, sperta, professionali, i latri di Vigàta 'nveci erano cchiù primitivi e 'ngenui, scassavano 'na porta e trasivano, mai però quanno ci stavano pirsone dintra, e mai e po' mai si sarebbiro 'nsognati per esempio di flabbicare un'asta come quella sirvuta per il primo furto.

La banda doveva essiri composta da quattro pirsone: i tri vinuti da fora che agivano sul campo e il quarto che era l'ideatori di tutto. Il quali forsi era l'unico abitanti a Vigàta. Gli altri, fatto il colpo, molto probabilmenti sinni tornavano al loro paìsi.

Lo sentiva a naso e per spirenzia che quella sarebbe stata un'indagini difficoltosa.

L'occhio gli cadì supra al foglio che gli aviva lassato Fazio e che era l'elenco degli amici dei Peritore. Erano in tutto diciotto.

Accomenzò a scorrerlo distrattamenti e al quarto nomi fici un sàvuto supra alla seggia.

Avv. Emilio Lojacono.

Quello che s'attrovava nella sò casa di campagna con l'amanti e che aviva subito il primo furto.

Continuò a leggiri con maggiori attenzioni.

Al diciassettesimo nomi fici un altro sàvuto.

Dott.ssa Ersilia Vaccaro.

L'amanti dell'avvocato Lojacono.

Un lampo gli traversò il ciriveddro.

Un'intuizioni che non potiva aviri nisciuna giustificazioni logica.

E cioè che il prossimo furto si sarebbi sicuramente verificato in casa di uno dei ristanti sidici nomi della lista.

Perciò quello che gli avrebbi arrifirito Fazio a proposito dell'amici dei Peritore sarebbi stato 'mportantissimo.

E propio in quel momento Fazio lo chiamò al telefono.

«Dottore, ci voliva diri...».

«Senti prima a mia. Tinni addunasti che nell'elenco dei Peritore ci sunno macari...».

«L'avvocato Lojacono e la dottoressa Vaccaro? Certo che me ne addunai subito!».

«E che ne pensi?».

«Che il nomi del prossimo derubato è supra a chista lista».

E vabbeni.

Voliva fari bona figura ma non c'era arrinisciuto.

Quella era la jornata nella quali era destinato a essiri pigliato di contropedi da tutti.

Capitava spisso però che Fazio arrivava alle sò stisse pricise conclusioni.

«Che mi volevi diri?».

«Ah dottore, ho saputo che la signorina Livia è ccà».

«Sì».

«Mè mogliere avrebbi tanto tanto piaciri se domani a sira viniti a mangiari da noi. Sempri che non c'è nenti in contrario».

E che potiva essirici di contrario?

Tra l'altro, cosa non trascurabili, la signura Fazio cucinava bono assà.

«Grazie, lo dirò a Livia. Verremo senz'altro. 'Nni videmu dumani a matino».

«Catarella!».

«All'ordini, dottori!».

«Veni subito 'nni mia».

Non ebbi il tempo di posari il ricevitori che Catarella si materializzò davanti a lui, 'mpalato sull'attenti.

«Catarè, ti devo addimannari 'na cosa che arrisorbi con cinco minuti di computer».

«Dottori, pi vossia macari cent'anni ci staiu davanti al computèl!».

«Dovresti farmi un elenco di tutti gli sfasciacarrozze che nella nostra provincia hanno subito condanne per ricettazione».

Catarella s'imparpagliò.

«Non accapii bono, dottori».

«Tutto o 'na parti?».

«'Na parti».

«Quali?».

«L'urtima palora che disse».

«Ricettazione?».

«Iddra».

«Beh, significa quanno uno accatta 'na cosa sapenno che è stata arrubbata».

«Accapii, dottori. Ma si me la scrive, è meglio».

«Ah, senti» fici Montalbano pruiennogli un pizzino con supra scritto ricettazione «rintraccia a Fazio e passamelo».

Squillò il telefono.

«Mi dicisse, dottore».

«Tu te l'arricordi le marche e le targhe delle tri machine arrubbate?».

«Nonsi. Ma se vossia va nella mè càmmara, supra alla mè scrivania c'è un foglio che c'è scritto tutto».

Fazio era ordinatissimo, squasi pignolo, e Montalbano ci misi nenti a rintracciari il foglio.

Se lo copiò e tornò nel sò ufficio.

DAEWOO CZ 566 RT dottoressa Vaccaro.

VOLVO AC 641 RT avvocato Lojacono.

PANDA AV 872 RT signori Peritore.

Di machine ne capiva quanto d'astrofisica, ma ebbi la sicurezza che nisciuna di loro era di lusso.

Doppo manco cinco minuti trasì Catarella e gli posò un foglio supra alla scrivania.

1) Gemellaro Angelo, via Garibaldi 32, Montereale, tel. 0922 4343217.

Officina: via Martiri di Belfiore 82. Una condanna.

2) Butticè Carlo, via Etna 38, Sicudiana, tel. 0922 468521.

Officina: via Gioberti 79. Una condanna.

3) Macaluso Carlo, viale Milizie 92, Montelusa, tel. 0922 2376594.

Officina: via Saracino s.n. Due condanne.

Ecco: su tri sdilinquenti, dù s'acchiamavano Carlo. E questo certamenti qualichi cosa doveva significari. La statistica non si sbagliava mai.

Oddio, qualichi volta la statistica arrivava a risultati da manicomio, ma in generali...

Non c'era un minuto da perdiri, probabilmente i latri non avivano ancora piazzata la machina dei signori Peritore.

«Catarella, chiama al dottor Tommaseo e passamelo».

Ebbi il tempo di ripassarisi la tabellina del sette.

«Mi dica, Montalbano».

«Mi può ricevere tra una ventina di minuti?».

«Venga».

Si misi 'n sacchetta l'elenco dei tri sfasciacarrozze, chiamò a Gallo e sinni partì per Montelusa con un'auto di servizio.

Ci misi un'orata bona a convinciri il pm Tommaseo a fari mettiri sutta controllo i tri telefoni.

Appena si parlava d'intercettazioni, i pm si chiuivano a riccio.

E se po' capitava che un rapinatori, o uno spacciatori, o un magnaccia era amico stritto di un deputato? Di certo, finiva a schifìo per il poviro magistrato.

Il governo perciò stava tintanno di fari 'na liggi che le proibiva tutte, ma ancora non ce l'aviva fatta, per fortuna.

Sinni tornò 'n commissariato sodisfatto.

Doppo manco cinco minuti che era trasuto nella sò càmmara, sonò il tilefono.

«Ah dottori, ci sarebbi che c'è la signorina la sò zita che mi dissi che l'aspittava nel paccheggio ma io ci dissi pronto che vossia non c'era e allura lei, che sarebbe sempri la sò zita, mi dissi come e qualimenti che l'aspittava lo stisso. E ora com'è che si fa?».

«Ma pirchì ci dicisti che non c'ero?».

«Pirchì stamattina vossia mi dissi di dirici accussì».

«Ma ora non è stamattina!».

«Vero è, dottori. Ma io non arricivitti controddine. E quindi non sapivo se la sciarriatina era passeggera o stabili».

«Senti, vedi indov'è parcheggiata».

Catarella tornò subito appresso al telefono.

«Ah dottori! Proprio davanti al cancello di cesso sta».

«Si dice accesso, Catarè».

Non ristava che tintari 'na sortita da assediato.

«La porta di darrè del commissariato è aperta?».

«Nonsi, sempri chiusa è».

«Chi camurria buttana! E la chiavi chi ce l'ha?».

«Io, dottori».

«Valla a raprire».

Si susì, percorrì l'intero commissariato, arrivò alla porta di darrè che Catarella gli tiniva rapruta.

Niscì nella strata, girò l'angolo, ne girò un altro e arrivò davanti al cancello.

Vidennolo, Livia detti un leggero colpo di clacchisi.

Montalbano le sorridì e montò in machina.

«È da molto che aspetti?».

«Nemmeno cinque minuti».

«Dove andiamo?».

«Ti dispiace se passiamo da casa? Voglio farmi una doccia».

Mentri Livia stava 'n bagno, il commissario sinni stetti nella verandina a godirisi la sirata e a fumarisi 'na sicaretta.

Po' Livia comparse pronta per nesciri.

«Dove vuoi che andiamo?» spiò Montalbano.

«Decidi tu».

«Vorrei andare in un posto dove non sono mai stato, sul mare, dopo Montereale. Enzo mi ha detto che si mangia bene».

«Se te l'ha detto Enzo...».

Uno che accanosciva la strata ci avrebbe 'mpiegato 'na vintina di minuti per arrivari al locali. Il commissario sbagliò quattro volte strata e ci misi un'ora precisa.

Come carrico da unnici, si fici 'na veloci azzuffatina con Livia che 'nveci gli aviva suggerito il percorso giusto.

Era un vero e propio ristoranti con tanto di cammareri in uniformi e foto di calciatori e di cantanti alle pareti.

'N compenso, attrovarono un tavolino nella veranda supra al mari.

Il locali era affollato da 'na colonia di 'nglisi già mezzi 'mbriachi d'aria salina.

Aspittaro un quarto d'ura prima che al tavolo s'apprisintasse un cammareri che supra al risvolto della giacchetta aviva appizzata 'na targhetta virdi col nomi scrivuto in nìvuro: Carlo.

I pili supra alle vrazza del commissario s'arrizzaro come quelli dei gatti 'nfuriati.

Pigliò 'na decisioni fulminia.

«Può ripassare tra cinque minuti?» spiò al cammareri.

«Certamente. Come desidera il signore».

Livia lo taliò strammata.

«Che c'è?».

«Devo correre in bagno».

44

Si susì e niscì di cursa sutta all'occhi sbalorduti di Livia.

«Dov'è il direttore?» spiò a un cammareri.

«Alla cassa».

Annò alla cassa. C'era un sissantino coi baffi all'umberta e l'occhiali d'oro.

«Mi dica».

«Il commissario Montalbano sono».

«Che piacere! Il mio amico Enzo...».

«Mi scusi, ma ho fretta. La signora che è con me, la mia fidanzata, ha subìto dieci giorni fa la perdita del fratello amatissimo che si chiamava Carlo. Ora il cameriere del nostro tavolo si chiama Carlo e io non vorrei, capisce, che...».

«Ho capito tutto, commissario. Lo faccio sostituire».

«La ringrazio sentitamente».

Tornò ad assittarisi. Sorridì a Livia.

«Scusami, una necessità improvvisa e impellente».

Arrivò un altro cammareri che s'acchiamava Giorgio. Ordinaro l'antipasti.

«Ma il cameriere di prima non si chiamava Carlo?» spiò Livia.

«Si chiamava Carlo? Non l'ho notato».

«Chissà perché l'hanno cambiato».

«Ti dispiace?».

«Perché dovrebbe dispiacermi?».

«M'è parso che lo rimpiangessi!».

«Ma che dici? Era solo più carino».

«Carino! Forse è stato un bene, sai?».

Livia lo taliò sempri cchiù 'mparpagliata.

«Che abbiano cambiato cameriere?».

«Essì».

«Perché?».

«Perché oltre il sessanta per cento di quelli che si chiamano Carlo sono dei delinquenti. Lo dice la statistica».

Lo capiva che stava dicenno minchiate supra minchiate ma la raggia e la gilusia gli 'mpidivano un minimo di ragionamento. Non potiva firmarisi.

«Ma va là!».

«E tu non crederci. Ne conosci molti di Carli?».

«Qualcuno».

«E sono tutti delinquenti?».

«Ma che ti piglia, Salvo?».

«A me? A te, piuttosto! Stai facendo una storia tanta su 'sto Carlo! Se vuoi, lo faccio ritornare il tuo Carlo!».

«Ma sei impazzito?».

«No, non sono impazzito! Sei tu che...».

«Ecco gli antipasti» disse il cammareri.

Livia aspettò che s'allontanasse per parlari.

«Ascoltami bene, Salvo. Ieri sera sono stata io a fare la stronza, stasera mi pare che tu abbia l'intenzione di sostituirmi al meglio. Ora ti giuro che non ho nessuna voglia di passare le mie serate qua litigando con te. Se intendi continuare così, io chiamo una macchina, mi faccio accompagnare a Marinella, piglio la valigia, proseguo per Palermo e prendo il primo volo per il nord. Decidi tu».

Montalbano, che era già vrigugnuso per la scenata di prima, disse sulamenti:

«Assaggia gli antipasti. Mi sembrano buoni».

E bono fu macari il primo.

E bonissimo il secunno.

E le dù bottiglie d'ottimo vino ficiro il loro effetto.

Niscero dal ristoranti tinennosi per mano.

La riconciliazioni notturna fu longa e perfetta.

All'otto del matino era pronto per nesciri di casa quanno squillò il telefono.

Era Catarella.

«Ammazzaro a qualichiduno?».

«Nenti ammazzatine, dottori, m'addispiace. Telefonaro dalla Guistura se vossia ci pò fari un sàvuto uggentevolissimo».

«Ma chi era che telefonava?».

«Non lo dissiro. Dissiro sulo che vossia doviva arrecarisi indove tengono il vino».

«E che è, un'osteria?».

«Dottori, a mia accussì dissiro».

«Ma dissiro proprio indove tengono il vino opuro usarono un'altra parola?».

«Un'altra palora».

«Cantina?».

«Iddra è!».

La cantina era il termine convenzionali per indicari il piano sotterraneo nel quali erano allocati gli strumenti d'intercettazioni.

«Se arriva Fazio, digli di aspettarmi».

«All'ordini, dottori».

Salutò a Livia e sinni partì per Montelusa.

La porta del sotterraneo era blindata e davanti ci stava un piantone armato di mitra.

«Hai l'ordine di sparare a vista se si presenta qualche giornalista?».

«Lei chi è?» spiò il piantone che non aviva gana di sgherzare.

«Il commissario Montalbano sono».

«Documenti, per favore».

Montalbano glieli ammostrò e quello gli raprì la porta dicendogli:

«Box 7».

Tuppiò alla porta del box 7, che era tanticchia cchiù granni di 'na gabina elettorali, e 'na voci gli disse di trasire.

Dintra c'era un ispettori capo assittato davanti a un apparecchio e con la cuffia calata 'ntorno al collo.

Si susì. S'appresentò.

«Guarnera».

«Montalbano».

«Stamattina alle sei e tredici c'è stata una chiamata interessante per l'utente Macaluso Carlo. Gliela faccio ascoltare, si metta questa cuffia».

Girò 'na manopola e Montalbano sintì 'na voci assunnata, che doviva essiri quella di Macaluso che diciva:

«Prontu? Cu è?».

«Sunno l'amicu coi baffi» arrispunniva 'na voci giovani, trentina, dicisa.

«Ah, sì. C'è cosa?».

«Aviria tri colli novi novi».

«Mi 'ntiressano. Comu facemu?».

«A 'u solitu. Stanotti a mezzannotti ti li lassamu unni sai tu».

«E iu nello stisso postu vi lassu i sordi. Sempri la solita cifra».

«Ennò, chista è robba nova nova».

«Facemu accussì. Iu ora vi dugnu la stissa cifra e la prossima vota vi cunsignu la diffirenza. D'accordu?».

«D'accordu».

Quattro

Montalbano si livò la cuffia, ringraziò, salutò, niscì, sinni tornò al commissariato.

Aviva avuto fortuna, se non altro i propietari avrebbero riavuto le loro machine.

Annò direttamenti nella càmmara di Fazio.

«Veni 'nni mia».

Fazio si susì e lo seguì.

«Assettati».

Gli disse quello che gli aviva contato Pasquale, dell'idea che gli era vinuta degli sfasciacarrozze e dell'intercettazioni che aviva sintuto.

«Come procediamo?» spiò Fazio.

«È chiaro che da oggi doppopranzo abbisogna sorvegliari i movimenti di Macaluso».

«Ci mando Gallo che si teni 'n contatto con noi col cellulari».

«Benissimo».

«Forsi sarebbe meglio rimannari la cena di stasira».

«E pirchì? Se accomenzamo a mangiari all'otto e mezza, di sicuro Gallo non tilefonerà prima delle deci e mezza, unnici. Casomai Livia resta con tò mogliere e po', alla conclusioni, macari se si farà tanticchia tardo, passo a pigliarla».

«Vabbeni».

«Ma con Gallo ci devi mannare almeno altri tri agenti».

«Pirchì?».

«Di sicuro Macaluso si porterà appresso a tri òmini per guidare le altre machine».

«Vero è».

«E ora dimmi se hai scoperto qualichi cosa d'intirissanti tra l'amici dei Peritore».

«Dottore, a parte i nomi dell'avvocato Lojacono e della dottoressa Vaccaro, che lei ha notato, le devo diri che sugno arrivato a mità dell'elenco. C'è il nummaro cinco che è chiuttosto 'ntirissanti. Si pigliasse l'elenco».

Era supra alla scrivania, Montalbano se l'avvicinò, lo taliò. Al nummaro cinco ci stava scrivuto:

Ing. De Martino Giancarlo.

«E chi sarebbi?».

«Forasteri è, nascì a Mantova».

«E che ci fa ccà?».

«Si trova a Vigàta da quattro anni. Diriggi i lavori di ristrutturazioni del porto».

«E pirchì sarebbe 'ntirissanti?».

«Pirchì si è fatto quattro anni di galera».

Quattr'anni non erano uno sgherzo.

«E che aviva fatto?».

«Favoreggiamento di banda armata».

«Brigate rosse o simili?».

51

«Sissignura».

«E in che consistiva 'sto favoreggiamento?».

Fazio sorridì.

«Organizzava furti per sovvenzionari la banda».

«Minchia!».

«Precisamenti».

«Ma quant'anni havi?».

«Sissanta precisi».

«Chi si dici 'n paìsi di lui?».

«Ch'è pirsona perbeni e tranquilla».

«Se è per questo, quanno arresteremo alla menti della banda, scopriremo ch'era 'na persona perbeni e tranquilla».

«Sissi, dottore, ma l'ingigneri è addivintato omo d'ordini, vota per il governo e fa propaganda per il Pdl».

«Allura va tinuto doppiamenti d'occhio».

«Già fatto, dottore. Gli ho messo l'agenti Caruana appresso».

«M'arraccomanno, procedi nell'elenco. 'Nni videmu stasira a la tò casa».

Sinni annò a Marinella per pigliari a Livia, non l'attrovò casa casa, s'affacciò nella verandina e la vitti stinnicchiata supra alla pilaja a ripa di mari 'n costumi da bagno. La raggiungì.

«Sto prendendo il sole».

«Lo vedo. Ora vestiti che andiamo a mangiare».

«Non ho voglia di vestirmi».

«Beh, io un po' d'appetito ce l'avrei».

«Ho provveduto io».

Montalbano aggiarniò. Consumato era.

Se aviva cucinato Livia, per dù jorni avrebbe avuto malo di panza, assicurato.

«Ho telefonato alla rosticceria e sono stati gentilissimi. Come si chiama la pizza che fate voi?».

Chiamari pizza 'u cuddriruni era 'na vera biastemia. Come chiamari supplì all'arancini.

«Cuddriruni».

«Gliel'ho spiegato bene e hanno capito. E poi pollo arrosto e patatine fritte. Me l'hanno portato a domicilio. È tutto in forno».

«Ci penso io» disse il commissario di slancio per lo scampato pericolo. «Tu continua a prendere il sole».

Trasì 'n casa, si misi macari lui 'n costumi, conzò la tavola nella verandina, si ghittò 'n mari, l'acqua era fridda ma tonificanti, tornò dintra, s'asciucò, chiamò a Livia.

Doppo mangiato, si stinnicchiaro novamenti supra alla rina.

Siccome s'appinnicò e Livia non l'arrisbigliò, arrivò in commissariato tardoliddro, erano le quattro e mezza.

«Novità?» spiò a Catarella.

«Nisciuna, dottori».

«Chiamami a Fazio e passamelo».

S'assittò darrè alla scrivania cummigliata da 'na montagna di carti da firmari.

Firmari o non firmari? Questo era il problema.

E Fazio? Come mai non si faciva vivo?

Chiamò a Catarella.

«Ah dottori! Fazio devi essirisi astutato in quanto che la signorina atomatica mi dici atomaticamenti che la pirsona da mia acchiamata è raggiungibili».

«Semmai irraggiungibili».

«E io che dissi?».

«Appena arrispunni me lo passi».

Ci pinsò supra ancora tanticchia, po' addecise di ascutare la sò cuscenzia d'onesto funzionario statali e di mittirisi a fari un centinaro e passa d'autografi.

Doppo un'orata sonò il telefono. Era Fazio.

«Mi scusasse, dottore, ma stavo facenno 'na parlata sdilicata con una pirsona che arriguardava l'elenco. Poi ce lo dico».

«Com'è la situazione?».

«Tutto a posto. Gallo sorveglia l'officina di Macaluso, alle setti di stasira lo raggiungono Miccichè, Tantillo e Vadalà».

«Allura 'nni videmu all'otto e mezza».

Ripigliò a firmari ma un quarto d'ura appresso vinni 'ntirrotto da 'n'altra tilefonata.

«Ah dottori, ci sarebbe che c'è in loco un signori che vorrebbi parlari con vossia di pirsona pirsonalmenti».

«Pirchì?».

«Dici che nella sò casa ci fu un frutto».

Un furto?!

I furti, in quel priciso momento, avivano la pricidenza assoluta su tutto.

«Fallo viniri 'nni mia 'mmidiatamenti!».

Tuppiaro a leggio alla porta.

«Avanti!».

«Mi chiamo Giosuè Incardona» fici l'omo trasenno.

Montalbano ghittò 'na rapita occhiata all'elenco dell'amici dei Peritore: non c'era nisciun Incardona.

«Si accomodi».

Era un cinquantino con l'occhiali spissi, senza un capillo 'n testa, sicco e portava vistiti troppo larghi per lui. Era chiaramenti emozionato d'attrovarisi in un commissariato.

«Non vorria portari distrubbo, ma...».

«Mi dica».

«Io ho 'na casuzza 'n campagna a mezza strata per Montelusa. Ogni tanto ci vaiu con mè mogliere e i nostri dù nipoteddri. Siccome che l'urtima vota m'ero scordato un paro d'occhiali, oggi doppopranzo ci tornai e attrovai la porta sfunnata».

«In che senso sfondata?».

«Nel senso che l'hanno scardinata».

«Era così difficile da aprire con un grimaldello o con una chiave falsa?».

«Nonsi. Facilissimo. Ma si vidi che non vulivano perdiri tempo».

«Che hanno rubato?».

«Il televisori novo novo, un computer che servi a fari vidiri i film ai mè nipoteddri, un ralogio del setticento che era di mè catanonno e basta. Ma circavano un'altra cosa, secunno mia».

«Che cosa?».

«Chiste».

Cavò dalla sacchetta un mazzo di chiavi e l'ammostrò al commissario.

«Di dove sono?».

«Della mè casa di ccà, di Vigàta. Lo dovivano sapiri, i latri, ca io 'nni tegnu copia 'n campagna. Sicuramenti avivano 'ntinzioni, se le attrovavano, di viniri ad arrubbare nella casa di ccà».

«E come mai non le hanno trovate?».

«Pirchì l'urtima vota ci cangiai di posto. Li misi dintra alla cassetta dello sciacquoni. Avivo finuto di vidirimi "Il Padrino", si l'arricorda? Quanno il figlio del patrino devi annare ad ammazzare i...».

Montalbano pigliò l'elenco e lo pruì a Incardona.

«Dia un'occhiata a quest'elenco, per favore, e mi dica se conosce qualcuno di questi signori».

Incardona lo pigliò, lo taliò, lo ripruì a Montalbano.

«A squasi tutti».

Montalbano strammò.

«Come mai?».

«Modestamenti, sono il meglio idraulico del paìsi. E sugno macari capace di fari copie di chiavi perfette».

«Senta un po', si ricorda se ha consigliato a qualcuno di questi signori di fare come lei, cioè di tenere un mazzo di chiavi di riserva in un'altra casa?».

«Certamenti! È il modo cchiù sicuru per...».

«Mi scusi un momento».

Chiamò a Catarella.

«Accompagna il signore da Galluzzo. Che raccolga la sua denunzia. Signor Incardona, se ci saranno novità, gliele farò sapere. Arrivederla».

C'era qualichi cosa che non gli quatrava.

Squasi sicuramenti si trattava di un depistaggio.

Parlanno coi loro amici, di certo i Peritore avivano ditto del fatto che la polizia aviva voluto i loro nomi.

E la menti della banda, non volenno che Montalbano arrivasse a 'na certa conclusioni, aviva creato un diversivo. Sulo che era ghiunciuto tardo.

Ma i tri operatori sul campo avivano fatto l'errori di sfunnari la porta, si vidi che sapivano che era un travaglio che gli avrebbi rinnuto picca, fatto sulamenti per ghittari fumo nell'occhi.

E un altro errori l'aviva fatto la menti stissa, annanno a scegliri, per fari il furto simulato o quello che era, a uno che se non faciva parti della lista però era accanosciuto da tutti quelli della lista.

E chista era la conferma che il prossimo vero furto sarebbi stato ai danni di uno dei sidici nomi compresi nell'elenco.

La menti della banda stava addimostranno d'aviri un ciriveddro marciante a grannissima vilocità e in grado d'accapire come funzionava il ciriveddro del commissario.

Sarebbi stata 'na partita a scacchi appassionanti.

Quanno passò a pigliari a Livia, vitti che si era mittuta un vistito che non le accanosciva.

Gonna plissé e cammisetta aliganti assà, stili anni trenta, con dù speci di volant davanti.

«Carino».

«Ti piace? Me l'ha fatto un sarto amico mio. Lui voleva mettere i volant anche dietro, ma a me sembravano eccessivi».

Non un lampo, ma un vero e proprio furmine da timporali, zigzaganno, seguito da un tuono fortissimo, squasi gli abbrusciò e gli 'ntronò il ciriveddro.

S'assittò a piso morto supra a 'na seggia per non cadiri 'n terra come un sacco vacanti.

Livia s'approccupò.

«Che hai?».

«Niente, un leggero giramento di testa. Un po' di stanchezza. Levami una curiosità: il tuo amico sarto si chiama Carlo?».

«Sì. E per tua conoscenza, non è per niente un delinquente» arrispunnì polemica Livia.

E continuò:

«Anzi, è una bravissima, onestissima persona. Ma come hai fatto a indovinarne il nome?».

«Indovinare? Io? Me l'hai detto tu».

«Non ricordo. Vogliamo andare?».

La Fiducia ricompensata.
Romanzo per giovinette di buona famiglia e di severi costumi.
Un uomo, roso dalla gelosia per la sua donna, travisa il senso d'una frase che lei pronunzia nel sonno e per giorni si tormenta, sottoponendo la donna a interrogatori, scenate e tranelli. Solo quando desiste dalla sua insana gelosia, ottiene la ricompensa. Infatti la donna, casualmente, gli rivela il vero senso, del tutto innocente, della frase

detta in sonno. E l'uomo sente d'amare maggiormente, da
quel momento, la donna della sua vita.

Bello, no? E macari 'struttivo.

La signura Fazio cucinò robba semplici ma con gusto. 'Na minestra di mari e triglie fritte croccanti. I cannoli portati da Montalbano erano 'na sdillizia.

Il commissario e Fazio, davanti alle signore, non parlarono di travaglio.

All'unnici meno un quarto Montalbano accompagnò a Livia a Marinella, doppo montò nella machina di Fazio che l'aviva seguito.

All'unnici e deci il cellulari di Fazio squillò. Era Gallo.

«Macaluso è partuto ora dalla sò casa e ha pigliato la strata per Vigàta. Guida 'na Mitsubishi gialla. Con lui ci sunno altri tri òmini. Io gli sto annanno appresso. Voi indove siete?».

«A Marinella» fici Fazio.

«Secunno mia è diretto verso Montereale. Se state lì, vi passeremo davanti. Se cangia strata, v'avverto».

Si piazzaro, a fari astutati, col muso della machina sul ciglio della provinciali.

Doppo 'na decina di minuti vittiro passari la Mitsubishi gialla.

Appresso, a distanza di dù machine dalla Mitsubishi, passò una Polo.

«È quella di Gallo» disse Fazio.

E gli si misi darrè.

«Siamo appresso a tia» fici Fazio nel cellulari.

«Vi ho viduti».

Passaro Montereale, passaro Sicudiana, passaro Montallegro, si fici la mezzannotti meno deci, ma la machina di Macaluso continuava ad annare avanti.

Po' Montalbano vitti la Mitsubishi addrumare il lampeggiatori di destra e 'nfilarisi in una speci di grossa piazzola di sosta.

Passannogli davanti, notaro tri machine posteggiate.

«Le auto sono già lì» disse Montalbano.

In quel momento sintero a Gallo che faceva voci nel cellulari:

«Sto tornanno! Li vaio a pigliari!».

E un istante appresso se lo vittiro viniri verso di loro che corriva come un pazzo.

Fazio lo lassò passari e fici 'na conversioni a U talmenti veloci che la machina a momenti capottava.

Quanno il commissario arrivò nella piazzola, Gallo aviva la situazioni sotto controllo.

I tri òmini erano arrinisciuti ad acchianari ognuno in una machina, ma non avivano avuto tempo di mittiri 'n moto.

Ora sinni stavano con le mani in alto pirchì i tri agenti li tinivano sutta puntería.

Macari Macaluso stava a mano isate vicino a un cassonetto di munnizza. In una mano aviva un pacco fatto di carta di giornali con lo spaco arrotolato torno torno.

«Dallo a mia» gli disse Montalbano.

Macaluso glielo detti.

«Quanto c'è?».

«Quinnicimila euri in biglietti da centu».

Per tornari a Vigàta, a Montalbano attoccò portari la machina di Fazio.

«Siccome che sei stato pigliato come un fissa con tri macchine arrubbate, vali a diri in flagranza di reato, caro Macaluso, stavolta ho l'impressione che sei fottuto. Macari pirchì sei recidivo, hai due precedenti sempri per ricettazione» disse Fazio.

I tri complici erano stati portati in càmmara di sicurezza.

Macaluso 'nveci era sutta torchio nella càmmara del commissario.

«Mi potiti livari le manetti?» spiò Macaluso.

Era un omoni in tuta, 'na speci d'armuàr ambulanti, russo di pelli e di capilli.

«No» fici Montalbano.

Calò silenzio.

«Pi mia potemo fari matina» disse a un certo punto Fazio.

Macaluso sospirò e parlò.

«Le cosi non sunno accussì come apparino» disse.

«Dottore, lo sapiva che il nostro amico era filosofo?» fici Fazio. «Allura spiegaci le cosi come sunno».

«Mi telefonò un clienti e mi disse di annare a pigliari 'ste tri machine che aviva lassato...».

«Nomi del clienti?» spiò Fazio.

«Non me l'arricordo».

«E come fici a dariti le chiavi?».

«Mi dissi che le aviva mittute nel bagagliaio aperto della Daewoo».

«E questo dettaglio sarà macari vero, sulo che le chiavi le avivano lassate lì i latri».

«Ci assicuro che...».

«Cerca d'attrovarinni una meglio, va'».

«Sapiti che vi dico?» 'ntervinni Montalbano. «Tardo è. Sunno le dù del matino. E haio sonno».

«Mi lassa libbiro e ninni jemu tutti a corcari» proponì Macaluso.

«Muto. Non rapriri vucca e ascuta a mia» fici il commissario. «Stammi beni a sintiri».

E iniziò a recitari la telefonata 'ntercettata.

«Prontu, cu è?».

«Sunno l'amicu coi baffi».

«Ah, sì. C'è cosa?».

«Aviria tri colli novi novi...».

Taliò a Macaluso e gli spiò:

«Basta così o devo continuare?».

Macaluso era aggiarniato.

«Basta accussì».

«Vuoi 'na sicaretta?».

«Sissi».

Montalbano la detti a Fazio che l'infilò tra le labbra di Macaluso e gliela addrumò.

«Possiamo fari un patto» fici il commissario.

«Sintemu».

«Tu ci dici il nome di quello che ti ha telefonato, quello coi baffi, e io parlo al pm perché tenga conto della tua collaborazione».

«E iu ci staria, a 'stu pattu, mi devi accridiri».

«Chi te lo proibisce?».

«Nisciuno. Ma iu a chisto coi baffi l'ho veduto sulo 'na vota, di notti e di straforo, tri anni fa e nun sacciu comu si chiama».

«Da quant'è che travagliate 'nzemmula?».

«Da tri anni, ce lo dissi. Telefonano, mi dicino unni hanno lassato la machina, iu mettu il dinaru dintra al cassonettu, parto e ti salutu e sono».

Pariva sincero.

Cinque

Montalbano si scangiò 'na rapita taliata a volo con Fazio e s'accapero. Macari Fazio era del pariri che Macaluso stava dicenno la virità.

Continuari sarebbi stato sulo perdiri sonno.

«Mettilo 'n sicurezza» fici il commissario a Fazio. «E dumani a matino porta a tutti 'n càrzaro. Po' fai rapporto a Tommaseo. Bonanotti».

Non era cuntento di come erano annate le cosi, il commissario Salvo Montalbano.

«Svegliati, poltrone!».

Raprì le palpebri che parivano 'mpiccicate con la coddra. Dalla finestra aperta trasiva un soli glorioso e triunfanti.

«Me la porteresti una tazzina di caffè a letto?».

«No. Ma in cucina è pronto».

Pigliarisi 'u cafè corcato, 'nzamà Signuri!

Piccato mortali! Pejo della lussuria!

Si susì biastemianno mentalmente, annò 'n cucina, si vippi 'u cafè, si chiuì 'n bagno.

Quanno niscì di casa erano le deci.

'N commissariato c'era Fazio che l'aspittava.

«Dottore, haiu 'na poco di cosi di dirici».

«E macari io. Accomenza tu».

«Ajeri, quanno vossia mi circò sul cellulari e lo trovò astutato, è pirchì stavo facenno conversazioni con la signura Cannavò Agata, vidova del commendatori Gesmundo, ecchisi direttori ginirali del porto, ecchisi patrono della festa dei portuali, ecchisi...».

«Vabbeni, ma la signora Cannavò chi è?».

«La sidicesima dell'elenco».

«Ah, già. E come mai ci sei annato a parlari?».

«Le annai a diri che c'era 'na qualichi probabilità, ma rimota, che patisse un furto».

«Non ho capito».

«Dottore, delle pirsone dell'elenco ne ho 'ntiso parlari da genti di fora, stranea, m'interessava accanosciri come se la pinsava una che era 'nveci nell'elenco».

«Bravo! Bella pinsata! Che ti disse?».

«'Na quantità di cosi. La vidova è 'na strucciolera che sapi tutto di tutti. E parla 'n continuazioni. Mi disse che il ragiuneri Tavella è annigato nei debiti di joco pirchì frequenta bische clandestine. Mi disse che la signora Martorana, mogliere del geometra Antonio, è l'amanti dell'ingigneri De Martino. Mi disse sottovoci che i Peritore, secunno lei, sunno 'na coppia aperta anche se fanno di tutto per non sembrarlo. Tanto che vanno 'n chiesa ogni domenica. Anzi, mi specificò 'na cosa buffa».

«E cioè?».

«Pari che quella notti del furto nella villa al mari, erano 'n quattro a dormiri».

«Spiegati meglio».

«Dottore, sempri a diri della vidova, la signora Peritore dormiva in una càmmara di letto con uno mentri che il signor Peritore dormiva in un'altra càmmara di letto con una».

«Ma non erano annati lì per festeggiari l'anniversario del matrimonio?».

«Ognuno festeggia come cridi» disse filosofico Fazio.

«Un bell'ambientino. Senti 'na cosa, ma come campa Peritore?».

«Ufficialmente, vinni machine usate».

«E ufficiosamente?».

«Campa alle spalli della mogliere che è ricca sfunnata per via di 'n'eredità lassatale da 'na zia».

«'N conclusioni, la vidova non t'arrivilò nenti d'importanti riguardo ai furti».

«Nenti».

«A un punto morto semu».

«Pari macari a mia».

«Iu sugnu cchiù che sicuro che ci sarà un altro furto».

«Sicuro. Ma non è che possiamo fari sorvegliari sidici appartamenti ccà e chissà quante ville e casuzze a mari o in campagna!».

«Non ci resta che aspittari. Spiranno che al prossimo furto fanno un passo fàvuso».

«Difficili è».

«Beh, non tanto. Nel furto che doviva confonnirici le idee, 'na cosa sbagliata l'hanno fatta sfunnanno la porta».

«Quali furto, scusasse?».

«Ah, vero è, tu non ne sai nenti».

E gli arriferì della visita dell'idraulico Incardona e del furto che, a sò pariri, era un depistaggio.

Fazio concordò.

Quanno Fazio niscì, allungò con lintizza 'na mano, pigliò le quattro littre 'ndirizzate a lui che aviva attrovato supra alla scrivania, si misi a considerari a longo il bollo di provenienza.

Dù vinivano da Milano, una da Roma e l'urtima da Montelusa.

A Milano non aviva amicizie, a Roma aviva avuto un amico che l'aviva macari ospitato nella sò casa ma era stato di recenti trasferito a Parma, a Montelusa accanoscíva parecchie pirsoni.

La vera verità era che gli stuffava rapriri la posta.

Oramà arriciviva stampi pubblicitarie, inviti a qualichi manifestazioni culturali e qualichi sparuto rigo di vecchi compagni di corso.

A cunti fatti, data l'età che aviva, potiva diri d'aviri avuto picca amicizie nella sò esistenzia.

Da 'na parti ne era cuntentu e da 'na parti scuntentu: forsi, con le vicchiaglie che avanzano con la velocità di un razzo spaziali, aviri qualichi amico a scianco sarebbi stato meglio.

Ma 'n funno 'n funno, Fazio, Mimì Augello e lo stisso Catarella oramà non erano cchiù amici che collaboratori?

Si potiva acconsolari accussì, se c'era da acconsolarisi.

Si dicisi a rapriri le buste.

Tri littre 'nfatti erano senza 'mportanza, ma la quarta...

Era anonima, scritta a stampatello.

Faciva accussì:

Commissario carissimo,
questa mia lettera vuole essere una sorta di guanto di sfida.
Del resto lei la sfida l'ha già accettata assumendo in prima persona le indagini.

Con la presente mi pregio comunicarle che ci saranno ancora, purtroppo per lei, due furti.
Poi tornerò a fare quello che ho sempre fatto.
Mi sarò divertito abbastanza.
Dovevo pur trovare un modo di passare il tempo, no?
E che lo faccia per puro divertimento è dimostrato dal fatto che tutta la refurtiva la lascio ai miei collaboratori.
Sta a lei prevenire i prossimi due furti, indovinando luogo e giorno.
Con molta cordialità e auguri.

La littra era stata 'mbucata a Montelusa il jorno avanti.

Chiamò a Fazio, gliela pruì.

Fazio la liggì e la rimisi supra alla scrivania senza diri nenti.

«Che ne pensi?».

Fazio tistiò.

«Mah!».

«Parla, nun fari la sibilla».

«Dottore, 'sta littra mi pari 'na cosa 'nutili, scritta tanto per scriviri, non ha nisciuno scopo».

«Apparentementi, accussì pari».

«E 'nveci?».

«In primisi, c'è da diri che colui che me l'ha mannata è un prisuntuso. Sarà macari 'na persona 'ntelliggenti, ma prisuntuso lo è di sicuro. E un prisuntuso non sempri sapi controllarisi. A un certo momento gli piglia la nicissità d'addimostrari a tutti quant'è bravo, costi quel che costi».

«E po'?».

«In secunnisi, vorrebbe farinni accridiri che 'sti furti gli servono sulo come svago, per passari tempo».

«E 'nveci?».

«E 'nveci haio la 'mpressioni che sta circanno 'na cosa precisa, una sula, la sula che gli 'ntiressa».

«'Na cosa da arrubbari?».

«Non è ditto, spisso 'sti furti hanno, come diri, effetti collaterali. Quanno ero vicecommissario, in una casa ci fu un furto. La signora annò a denunziari i gioielli che si erano pigliati. Casualmente, 'sta lista la vitti il marito. E s'addunò che c'erano dù orecchini e 'na collana che non aviva accattato lui alla mogliere. Era stato l'amanti. E finì a schifìo».

Passò la matinata a mettiri firme appresso a firme, fino a quanno il vrazzo gli assintomò.

La statua ideali del burocrate, pinsò, avrebbi dovuto portari il vrazzo destro al collo.

Sinni partì per Marinella cridenno d'attrovari a Livia nella pilaja che si pigliava il soli.

'Nveci se la vitti davanti vistuta di tutto punto.

«Devo tornare immediatamente a Genova».

«Perché?».

«Mi hanno telefonato dall'ufficio, due colleghe si sono ammalate e non me la sono sentita di dire di no. Sai, coi tempi che corrono, possono approfittare della minima occasione per sbatterti fuori».

Mannaggia! Propio ora che le cosi tra loro dù accomenzavano a funzionari a meraviglia!

«Hai prenotato?».

«Sì, parto col volo delle cinque».

Montalbano taliò il ralogio. Era l'una precisa.

«Senti, abbiamo un'ora a disposizione. Non ho impegni, perciò ti posso accompagnare io a Punta Raisi. Possiamo subito andare a mangiare qualcosa in fretta da Enzo oppure...».

Livia sorridì.

«Oppure...» disse.

Il viaggio verso l'aeroporto fu tranquillo fino all'incrocio con Lercara Freddi. La strata era sbarrata, un agenti della stratali spiegò a Montalbano che dù camion s'erano 'ncastrati uno dintra all'autro e che abbisognava fari 'na deviazioni.

Tutto 'nzemmula s'attrovaro a percorriri 'na speci di sentiero di campagna, 'n mezzo a un mari di bocche di lioni supra al quali, a 'ntervalli regolari, si slanciavano altissime pale eoliche.

Livia ne ristò affatata.

«Certo che avete dei paesaggi...».

«Perché, in Liguria no?».

Scangio di cortesie dato che tutto tra loro dù filava liscio. Altrimenti quello stisso paisaggio sarebbi stato «da briganti».

Arrivaro a Punta Raisi con un'ura d'anticipo sulla partenza, giusto in tempo per sapiri che l'aereo avrebbi decollato appunto con un'ura di ritardo.

Dato che aviva scigliuto di saltari il pranzo, Livia ne approfittò per farisi 'na gran mangiata di cannoli.

Quanno l'aereo di Livia partì, Montalbano dall'aeroporto stisso tilefonò al commissariato, avvertì a Catarella che quel doppopranzo non sarebbi passato, un'altra telefonata la fici ad Adelina per dirici che aviva via libbira e che l'indomani a matino potiva prisintarisi, e po', per tornari a Vigàta, pigliò la strata cchiù longa che passava per Fiacca.

Ci arrivò verso l'otto e mezza e s'addiriggì 'mmidiato in un ristoranti che cucinava aragosti.

Se la scialò.

All'unnici era novamenti a Marinella.

Non fici 'n tempo a trasire 'n casa che il telefono squillò.

Era Livia agitatissima.

«Ma dov'eri? Ho già chiamato quattro volte! Ho temuto che avessi avuto un incidente!».

Tranquillizzò a Livia, si fici 'na doccia, s'assittò nella verandina con sigarette e whisky.

Non aviva gana di pinsari a nenti, sulo di taliare il mari notturno.

Stetti un'orata accussì, po' trasì, addrumò il televisori e s'assittò sulla pultruna.

Era sintonizzato su «Televigàta» e perciò si vitti spuntari la facci a culu di gaddrina di Pippo Ragonese, il commentatore, l'opinionista di 'na sula pinioni: essiri sempri dalla parti di chi cumannava.

Con Montalbano aviva un fatto personali.

«Ci è giunta voce cha a Vigàta opera da qualche giorno una banda di ladri d'appartamenti altamente specializzata e assai bene organizzata. Sarebbero stati commessi alcuni furti con una tecnica singolare che sarebbe troppo lungo spiegare ai nostri ascoltatori. Non si tratterebbe di una banda composta da stranieri, come accade nel Nord Italia, ma di siciliani. Quello che stupisce è il silenzio della polizia sull'argomento.

«Sappiamo che le indagini sono nelle mani del commissario Montalbano.

«Sinceramente, non ce la sentiamo d'affermare che sono in buone mani, dati i pre...».

Astutò, mannannolo a fari in quel posto.

Ma c'era 'na cosa da spiarisi: come mai Ragonese era vinuto a conoscenza dei furti?

Sicuramenti nisciuno del commissariato o della procura aviva parlato.

Vuoi vidiri che era stata la stissa menti della banda a 'nformari al giornalista macari con una littra anonima?

Prisuntuso com'era, capace che non supportava il silenzio attorno alle sò 'mprise.

Si sintiva tanticchia affaticato, guidari lo stancava. Addicidì di annare a corcarisi.

E fici un sogno.

Senza sapiri né pirchì né pircomu, s'attrovava al centro di 'n'arena vistuto di tutto punto come un palatino dell'opira dei pupi, a cavaddro e con la lancia in resta.

Dame e cavalieri in gran quantità assistivano alla sfida e tutti stavano susuti addritta, taliavano verso di lui e gridavano:

«Evviva Salvo! Evviva il difensore della Cristianità».

Lui non potiva arrispunniri 'nchinannosi pirchì ne era 'mpidito dall'armatura, allura sollevava il vrazzo che pisava cento quintali e agitava la mano guantata di ferro.

Po' squillavano le trombi e nell'arena trasiva un cavalieri con un'armatura tutta nìvura, un giganti spavintoso con la celata calata che gli ammucciava la facci.

Si susiva Carlo Magno in pirsona e diceva:

«Si dia inizio al combattimento!».

Lui partiva 'mmidiato alla carica del cavalieri nìvuro che 'nveci sinni stava fermo come 'na statua.

Po', comu fu e come non fu, la lancia del cavalieri nìvuro lo colpì alla spaddra, lo disarcionò.

Mentri che cadiva, il cavalieri nìvuro sollevò la celata.

Non aviva facci, al sò posto c'era come 'na palla di gumma.

E allura Montalbano accapì che quello era la menti della banda dei latri e che tra pochi momenti l'avrebbi ammazzato.

Maria! Che malafiura davanti a tutti!

S'arrisbigliò sudato e col cori che stantuffava alla dispirata.

Il tilefono sonò che erano le otto passate.

Santiò.

La sò 'ntinzioni segreta era quella di ristarisinni corcato fino alle novi e farisi sirviri il cafè a letto da Adelina.

«Pronto?» dissi con voci sgarbata.

«Matre santa, dottori! Che ci pozzo fari io se ci fu un frutto! Se voli, la richiamo tra 'na mezzorata» piagnucolò Catarella.

«Catarè, oramai è fatta. Dimmi».

«Tilefonò ora ora la signora Angelica Cosulicchio».

Quali Cosulicchio e Cosulicchio! Angelica Cosulich. Nummaro quattordici della lista.

Come volevasi addimostrari.

«Dov'è?».

«In via Cavurro nummaro quindici».

Ma era la stissa strata dei Peritore!

«L'hai detto a Fazio?».

«Astutato è».

«Vabbeni, telefona alla signora che arrivo».

Il palazzo indove abitava la signora Cosulich era a forma di cono gilato.

Compresi i pezzetti di noccioline atturrate 'n cima.

«Cosulich?» spiò al purtunaru.

«Quali?».

Oddio, non avrebbi retto a un'altra azzuffatina con un purtunaru. Gli vinni gana di voltari le spalli e ghirisinni, ma si fici forza.

«Cosulich».

«L'accapii, non sugno surdo. Ma i Cosulich ccà sunno dù. Angelica e Tripolina».

Gli vinni gana di diri Tripolina sulo per accanosciri 'na fìmmina con un nomi accussì.

«Angelica».

«Urtimo piano».

L'ascensori era superveloci, praticamenti gli detti un pugno nella vucca dello stomaco e lo fici volari sino all'attico, a livello cioè della panna che di solito c'è 'n cima al cono gilato.

C'era 'na sula porta in tutto l'enormi pianerottolo a mezza luna, e a questa il commissario sonò.

«Chi è?» spiò doppo tanticchia 'na voci fimminina di picciotta da darrè la porta.

«Il commissario Montalbano sono».

La porta si raprì e al commissario capitarono di seguito i tri seguenti fenomeni:

primo, leggero annigliamento della vista, secunno, sostanziali ammollimento delle gammi e, terzo, notevoli ammanco di sciato.

Pirchì la signura Cosulich non sulo era 'na trentina di stupefacenti biddrizza naturali, acqua e saponi, 'na cosa rara che non adopirava pitturazioni facciali come i sarbaggi, ma…

Ma era vero o era tutto un travaglio della sò immaginazioni?

Era possibbili che potissi capitare un fatto accussì?

La signora Cosulich era pricisa 'ntifica, 'na stampa e 'na figura, con l'Angelica dell'*Orlando furioso*, accussì come lui se l'era immaginata e spasimata viva, di carni, a sidici anni, talianno ammucciuni le illustrazioni di Gustavo Doré che sò zia gli aviva proibito.

'Na cosa 'nconcepibili, un vero e propio miracolo.

Come alla Donna egli drizzò lo sguardo,
riconobbe, quantunque di lontano,
l'angelico sembiante, e quel bel volto
ch'all'amorosa rete il tenea involto.

Angelica, oh Angelica!

Sinni era 'nnamurato completamenti perso a prima vista e pirdiva bona parti delle nottati immaginannosi di fari con lei cosi accussì vastase che non avrebbi mai avuto il coraggio di confidari manco all'amico cchiù stritto.

Ah, quante volte aviva pinsato d'essiri lui Medoro, il pastori del quali Angelica si era 'nnamurata facenno nesciri pazzo furiuso al poviro Orlando!

Si rappresentava spasimanno e trimanno la scena di lei nuda supra alla paglia, dintra a 'na grutta, col foco addrumato, mentri fora chioviva e luntano si sentiva un coro di picorelle che facivano bee bee...

... e più d'un mese poi stero a diletto
i duo tranquilli amanti a ricrearsi.
Più lunge non vedea del giovinetto

la Donna, né di lui potea saziarsi;
né, per mai sempre pendergli dal collo,
il suo disir sentia di lui satollo.

«Si accomodi».
La leggera neglia che gli gravava supra all'occhi si diradò e Montalbano sulo allura vitti che lei 'ndossava 'na cammisetta bianca aderenti.

Le poppe ritondette parean latte,
che fuor de' giunchi allora allora tolli...

No, forsi le poppe di quei versi non appartinivano ad Angelica, ma comunque...

Sei

«Si accomodi» disse ancora la picciotta principianno a sorridiri per l'evidenti 'mparpagliamento del commissario.

Aviva un sorriso che era come 'na lampatina da cento che s'addrumava 'mprovisa nello scuro.

Ci volli un bello sforzo di volontà a Montalbano per passari dai sidici anni ai cinquantotto della sò trista età prisenti.

«Mi scusi, ero soprappensiero».

Trasì.

Già dall'anticàmmara s'accapiva lo sconquasso che i latri dovivano aviri cumminato in quell'appartamento.

Che era grannissimo, ammobiliato modernissimo, pariva d'attrovarisi dintra a un'astronavi, e che doviva essiri addotato d'una terrazza che non finiva mai. Circolari, naturalmenti.

«Senta» fici Angelica «l'unica stanza in qualche modo abitabile è la cucina. Le dispiace se ci mettiamo lì?».

«Con lei mi mittiria macari dintra a 'na cella frigorifera» pinsò Montalbano.

E 'nveci disse:

«Per niente».

Lei 'ndossava un paro di pantaloni nìvuri aderentissimi come la cammisetta e vidirla caminare da darrè era 'na vera grazia di Dio.

'Na cosa a un tempo rinforzanti e illanguidenti.

Gli pruì 'na seggia.

«S'accomodi. Le faccio un caffè?».

«Sì, grazie. Ma prima vorrei un bicchiere d'acqua».

«Si sente bene, commissario?».

«Bee... benissimo».

L'acqua lo rinfrancò.

Preciso 'ntifico a com'era capitato coi Peritore. Sulo che ccà ammancava l'omo.

Anzi, pariva che non ci fussero tracce d'omo, nell'appartamento.

Gli sirvì il cafè, 'na tazza se la pigliò per lei e s'assittò davanti al commissario.

Se lo vippiro 'n silenzio.

A Montalbano annava benissimo, potivano ristarisinni a viviri cafè sino all'indomani a matino.

Anzi, meglio, fino a quanno al commissariato non l'avrebbiro dato per disperso.

Appresso lei disse:

«Se vuole fumare, faccia pure. Anzi, ne offra una anche a me».

Si susì, annò a pigliari un posacinniri, tornò ad assittarisi.

Tirò la prima vuccata e fici a mezza voci:

«In poche parole, si tratta di una copia conforme al furto subito dai miei amici Peritore».

Aviva 'na vuci che era un'armonia celesti, 'ncantava come 'u flautu 'ncanta i pitoni.

Abbisognava accomenzare a fari il mallitto travaglio, macari se non ne aviva nisciuna gana.

Si schiarì la voci, aviva la gola sicca a malgrado dell'acqua appena vivuta.

«Anche lei stanotte ha dormito in una sua casa fuori paese?».

Aviva capilli biunni lunghissimi che le arrivavano a mità schina.

Avanti d'arrispunniri, se li scostò dalla facci.

Per la prima volta, al commissario parse tanticchia 'mpacciata.

«Sì, ma...».

«Ma?».

«Non si tratta di una casa».

«Di un appartamento?».

«Nemmeno».

Vuoi vidiri che dormiva dintra a 'na tenda o in una rulotti?

«E cos'è allora?».

Lei tirò 'na longa vuccata, soffiò il fumo.

Po' taliò il commissario occhi nell'occhi.

«Si tratta di una stanza con un letto matrimoniale e un bagno. Ingresso indipendente. Ha capito?».

Un colpo al cori, preciso, diritto. 'Na fucilata sparata da un tiratori scelto. Gli fici mali, ma

l'impetuosa doglia entro rimase,
che volea tutta uscir con troppa fretta.

«Ho capito» disse.

Un pied-à-terre. Cchiù volgarmenti ditto scannatoio.

Ma era la prima volta che ne accanosciva 'na proprietaria fìmmina.

Ebbi 'na botta di irrazionali gilusia, come capita a Orlando quando immagina

Angelica e Medor con cento nodi
legati insieme…

E lei spiegò:

«Sono fidanzata, ma il mio fidanzato lavora all'estero, torna in Italia per una settimana l'anno e io ogni tanto ho bisogno… cerchi di capire, ma non ho un rapporto fisso».

«Posso mettermi in lista d'attesa?» voliva spiarle Montalbano e 'nveci disse:

«Mi racconti com'è andata».

«Beh, ieri sera, dopo cena, potevano essere le ventuno e trenta, ho preso la macchina e mi sono diretta verso Montereale. Appena fuori paese, ho caricato il… ragazzo al quale avevo dato appuntamento e sono andata verso la villa dove ho la camera in affitto».

«Mi scusi, ma a chi appartiene la villa?».

«A un mio cugino che vive a Milano e ci viene solo d'estate per una quindicina di giorni».

«Mi scusi se l'interrompo ancora».

«È il suo lavoro» fici Angelica sorridenno.

Scannatoio o non scannatoio, comunqui era 'na cosa da mangiarisilla a muzzicuna come un frutto succulento.

81

«I ladri hanno svaligiato la sua camera?».

«Certamente».

«E la villa?».

«Guardi, questo sospetto m'è venuto. Sono andata a guardare, so dove sono le chiavi. No, nella villa non sono entrati».

«Continui».

«Beh, c'è poco da dire. Abbiamo bevuto un bicchiere, chiacchierato per quel che si poteva e poi siamo andati a letto».

... ed ogni volta in mezzo il petto afflitto
stringersi il cor sentia con fredda mano.

«Mi perdoni, non vorrei...».

«Ma no, dica».

«Lei ha detto che avete chiacchierato per quel che si poteva».

«Sì».

«Che significa?».

Lei sorridì, tanticchia maliziosa.

«Non sempre quello col quale m'accompagno dev'essere necessariamente colto. M'interessano altre doti. Quello di ieri sera era praticamente un mezzo analfabeta».

Montalbano agliuttì. Amaro. Come diciva un altro poeta?

un pescatore di spugne,
avrà questa perla rara...

«Vada avanti».

«Che altro? Mi sono svegliata alle sette con un gran mal di testa. Lui invece dormiva profondamente. Ho steso un braccio verso il comodino, volevo vedere l'ora, ma non ho trovato l'orologino che ci avevo lasciato sopra. Ho pensato che fosse caduto. Mi sono alzata e solo allora mi sono resa conto che era stato rubato tutto».

«Tutto cosa?».

«L'orologino, la collana, il braccialetto, il cellulare, il computer, il portafogli, la borsetta e le chiavi di quest'appartamento. Sono uscita fuori. Anche la macchina era sparita».

«Perché s'era portato appresso il computer?».

«Domanda pertinente» fici lei arridendo. «Per vedere qualche filmino propedeutico, capisce?».

Celar si studia Orlando il duolo...

«Capisco. Come ha fatto a tornare?».

«Nel garage della villa c'è l'utilitaria che mio cugino tiene qua».

«Aveva molto denaro nel portafogli?».

«Tremila euro».

«Continui».

«Sono venuta a casa di corsa, sapevo quello che avrei trovato».

«Hanno portato via molta roba?».

«Parecchia. E di grandissimo valore, purtroppo».

«Dovrà venire in commissariato a fare la denunzia».

«Passerò in tarda mattinata. Devo rendermi bene conto di cosa hanno rubato».

Fici 'na pausa.

«Mi dà un'altra sigaretta?».

Montalbano gliela addrumò.

«E come mai lei non fa quello che dovrebbe fare?» gli spiò tutto 'nzemmula.

Montalbano s'imparpagliò.

«Io?! E che dovrei fare?».

«Non so, tirare fuori una lente d'ingrandimento, scattare fotografie, chiamare la Scientifica...».

«Per le impronte digitali, dice?».

«Essì».

«Ma si figuri se ladri abilissimi come questi non adoperano i guanti! Sarebbe solo una perdita di tempo. A proposito, come hanno fatto a entrare nel suo scan... nella sua camera?».

Stava per scappargli scannatoio, avrebbi fatto 'na gaffe colossali.

Ma po', a pinsarici bono, pirchì 'na gaffe? Angelica era una che parlava latino, diceva le cosi come stavano.

«La mia camera è situata nella parte posteriore della villa e vi si accede attraverso una scala esterna. Accanto alla porta d'entrata c'è una finestra con la grata, praticamente quella che dà aria alla camera. E che ho lasciata aperta. Naturalmente, oltre al letto, c'è anche un tavolinetto con due sedie. Le chiavi della camera le poso sempre su questo tavolinetto. Loro devono avere immesso il gas attraverso la finestra che avranno riaccostata. Poi, quando il gas ha fatto effetto, l'hanno riaperta e con un'asta a cannocchiale munita di gancio hanno tirato verso di loro il tavolinetto. Quindi gli è bastato allungare un braccio».

Gli specialisti dell'asta a cannocchiali: 'na vota con la calamita, 'na vota col gancio...

«Mi perdoni, ma questa storia dell'asta col gancio... insomma, se l'è immaginata lei?».

«No, l'ho vista, l'asta, l'hanno lasciata lì».

Montalbano chiuì per un momento l'occhi, ora viniva per lui la parti cchiù dolorosa, aspirò aria, si tuffò.

«Devo farle qualche domanda personale».

«Faccia pure».

«In quella sua camera ci ha portato lo stesso uomo più di una volta?».

«Mai. Non amo le minestre riscaldate».

«Con che frequenza ci va?».

«Di sicuro una volta ogni quindici giorni. Ma capitano delle eccezioni, naturalmente».

Non son, non son io quel che paio in viso...

«Naturalmente» disse Montalbano con un'ariata 'ndiffirenti.

E le spiò:

«Le è mai successo di avere, che so, questionato con qualcuno di loro?».

«Una volta».

«Quando?».

«Un mesetto fa».

«Posso chiederle perché?».

«Voleva di più».

«Quanto avevate pattuito?».

«Duemila».

«Ne voleva?».

«Quattromila».

«Glieli ha dati?».

«No».

«E come ha fatto?».

«L'ho minacciato».

«Di che?».

«Di spargli».

L'aviva ditto in modo tali come se sparari a uno fussi la cosa cchiù naturali del munno.

«Sta scherzando?».

«Per niente. Quando mi reco lì per questi incontri, mi sento più sicura se ho con me la pistola. Ho il porto d'armi».

A differenzia dell'Angelica della sò gioventù, questa non scappava davanti al periglio.

Montalbano rinvenni come da un liggero mancamento.

«E anche iersera aveva la pistola nella borsetta?».

«Sì».

«E gliel'hanno rubata?».

«Naturalmente».

«Senta, questa è una cosa grave. Quando verrà in commissariato porti tutti i documenti relativi a quest'arma».

«D'accordo».

«Scusi, ma lei lavora?».

«Sì».

«E che lavoro fa?».

«Da sei mesi, sono cassiere capo alla Banca siculo americana».

«Squasi squasi ci trasferisco il mio conto» pinsò.

E 'nveci spiò:

«Mi spiega come fa a trovare questi uomini?».

«Beh, incontri casuali, clienti della banca… Sa, spesso non c'è bisogno nemmeno di parlare, ci si intende al volo».

«Senta, le chiavi di questa casa…».

«Le hanno lasciate nell'anticamera».

«Un'ultima domanda e ho finito. Di dov'è?».

«Che cosa?».

«Lei, dov'è nata?».

«A Trieste. Ma mia madre era di Vigàta».

«Non c'è più?».

«No. E neanche mio padre. È stato un terribile… incidente, qua. Avevo cinque anni. Quando successe, non c'ero, i miei mi avevano mandata a Trieste, dai nonni».

I sò occhi cilestri ora erano addivintati blu scuro, evidentementi la morti dei sò genitori era un argomento pinoso per lei.

Montalbano si susì.

Lei macari.

«Le devo chiedere un grosso favore» spiò Angelica facendosi cummigliari la facci dai capilli.

«Mi dica».

«Si potrebbe omettere la prima parte?».

«Mi scusi, non ho capito bene».

Lei fici un passo avanti e gli appuiò le mano supra ai risvolti della giacchetta.

Gli stava vicinissima e Montalbano ne sentiva il sciàuro della peddri. Gli dava le vertigini.

Gli parse che le mano di lei abbrusciassero, di sicuro gli avrebbi lassato l'impronte stampate col foco supra alla giacchetta.

«Lei potrebbe... non tirare in ballo la faccenda della camera e dire che il furto è stato consumato solo qui?».

Montalbano sintì che corriva il piricolo di squagliarisi come un gelato sutta al soli.

«Beh... sarebbe possibile, ma illegale».

«Ma lei non potrebbe proprio?».

«Potrei, ma... chi ci garantisce che la persona che ha passato la notte con lei non se ne vada in giro a raccontare come sono andate veramente le cose?».

«A quello dovrebbe pensarci lei».

Spostò le mano dai risvolti, le fici acchianare fino a supra le spalli di Montalbano, gliele annodò darrè la nuca.

'N questa posizioni, le labbra di lei erano piricolosamenti vicine.

Quanto più cerca ritrovar quiete,
tanto ritrova più travaglio e pena...

«Se si venisse a sapere di questa camera, capisce, sarei rovinata. Con lei sono stata sincera, ho capito subito che potevo fidarmi... Ma se la cosa si risapesse, certamente ci sarebbero ripercussioni in ufficio, forse mi licenzierebbero... Per favore! Gliene sarò gratissima!».

Montalbano fici 'na velocissima azioni di sganciamento tirannosi un passo narrè.

«Vedrò quello che posso fare. A più tardi».

E squasi sinni scappò.

Era sudatizzo e si sintiva 'ntronato come se si fusse scolata mezza buttiglia di whisky.

Contò tutto a Fazio. Naturalmenti non gli disse nenti di quello che aviva provato per Angelica.

«Ragiunamo supra a 'na cosa alla volta, dottore. Accomenzamo dal furto nello scannatoio».

Va a sapiri pirchì, quella parola ditta da Fazio gli detti fastiddio.

«Vossia l'accapisci per quali motivo abbannunano sul posto l'attrezzo spiciali del quali si servono per trasire negli appartamenti?».

«Le aste a cannocchiali? Ci ho pinsato a longo. Questi non fanno 'na cosa che non abbia un significato. Anzitutto è un joco di sponda che s'arripeti sempri nella stissa manera».

«Non accapii».

«Ora vegnu e mi spiegu. Il furto avvieni sempri in dù tempi. Prima trasino in un villino, in una càmmara, indove vuoi tu, quanno dintra ci sta dormenno il propietario o la propietaria. E questo pirchì hanno di bisogno d'impossissarisi delle chiavi dell'altro appartamento, quello di Vigàta. Tirano alla sponda A pirchì la palla vada a colpiri la sponda B. Ora ti è chiaro?».

«Chiarissimo».

«Per questo ho accapito che il furto nella casa di campagna di Incardona era un depistaggio. Non corrisponniva alle modalità».

«E gli attrezzi?».

«Ora ci arrivo. Lassarli sul posto ha un doppio significato. Dev'essiri 'na pinsata della menti della banda. Da 'na parti, significa che in quel posto non ci torneranno cchiù e dall'altra la menti 'nni manna a diri che lui ha 'ngignosità da vinniri. Che per pigliarisi le chiavi di un appartamento lui ne pò pinsari una sempri diversa. Lo stisso significato dell'abbannuno delle chiavi nell'anticàmmara dell'appartamenti svaligiati: nun ci servono cchiù. Ti persuadi?».

«Mi pirsuadi. E per la facenna che la signora Cosulich non voli che dicemo nenti dello scannatoio chi 'nni pensa?».

«Haio un cori d'asino e un cori di lioni. Da 'na parti 'sto favori glielo vorria fari, dall'altra mi scanto che il picciotto che era con lei...».

«A questo c'è rimeddio» disse Fazio. «Quanno la signora Cosulich veni per fari la denunzia, le spio il nomi del picciotto e po' con lui ci parlo io. Lo convincerò a starisinni muto come un pisci».

«Però il problema non è sulo il picciotto».

«Vali a diri?».

«Vali a diri che a sapiri che abbiamo fatto un rapporto non corrispondenti alla realtà dei fatti c'è puro la menti della banda, chiamamolo il signor Zeta. E lui può sirvirisi di 'st'omissioni illegali in qualisisiasi momento contro di noi».

«E questo c'è da aspittarisillo» fici Fazio. «Però

vossia giustamenti notò che il signor Zeta è un prisun-tuso».

«Embè?».

«Capace che questa omissioni l'infastidisci e gli fa fa-ri un passo fàvuso. Chi cinni pari?».

Montalbano non arrispunnì.

«Dottore, mi sintì?».

Montalbano aviva l'occhi fissi supra alla pareti di fronti.

Fazio s'apprioccupò.

«Si senti bono, dottore?».

Montalbano satò addritta. Si detti 'na gran manata 'n fronti.

«Che 'mbicilli che sono! Ragione hai. Scriveremo il rapporto come voli la Cosulich. Ma tu devi fari 'na cosa di prescia».

«Mi dicisse».

«Piglia l'elenco dell'amici dei Peritore e controlla chi sono quelli che hanno seconde case indove vanno a passare i fine settimana o ci dormono di tanto in tanto. Ci vediamo tra un'orata».

«Ma vossia unni va?».

«Ad attrovari a Zito».

Annanno a Montelusa forsi avrebbi perso l'occasioni di vidiri ad Angelica, ma pacienza.

Parcheggiò davanti alla sede di «Retelibera», scinnì, trasì. La sigritaria gli fici un gran sorriso.

«Che bella sorprisa! Da quant'è che non ci vediamo? La trovo bene, dottore».

«E tu sei sempri cchiù beddra».

«Il direttore è in ufficio. Vada pure».

Con Zito aviva 'n'antica amicizia.

La porta dell'ufficio era rapruta e il giornalista, vidennolo, si susì e gli corrì 'ncontro per abbrazzarlo.

«Tò mogliere e tò figlio?».

«Tutti bene, grazie. Ti servi cosa?».

«Sì».

«A disposizioni».

«Hai sintuto a Ragonese che ha dato notizia di dù furti?».

«Sì».

«Ce ne è stato un terzo. Ma nisciuno ancora 'nni sapi nenti».

«Mi dai la notizia in esclusiva?».

«Sì».

«Grazii. Che devo diri?».

«Che c'è stato un furto nell'appartamento della signora Angelica Cosulich abitante a Vigàta in via Cavour numero 15. È da sottolineare che al numero 13 della stessa via è avvenuto un furto precedente ai danni dei signori Peritore. È da notare anche che la signora Cosulich, al momento del furto, stava dormendo nel suo appartamento, ma è stata resa incosciente con un gas. E questo è quanto».

«Che speri d'ottiniri?».

«'Na reazioni».

«Da parti di chi?».

«Sinceramenti, non te lo so diri. Ma se arricivi 'na tilefonata, 'na littra anonima che arriguarda la notizia, m'arraccumanno, avvertimi».

«La mando col notiziario delle tredici» disse Zito. «E po' l'arripeto in quello delle venti».

Sinni tornò in commissariato a sittanta orari, che per lui era 'na vilocità da formula uno.

«Mandami Fazio» disse a Catarella.

«Dottore, ho risolto quello che voliva con un giro di tilefonate» disse Fazio. «Quelli dell'elenco che hanno case fora paìsi sunno dù coppie e un singolo: i signori Sciortino, i signori Pintacuda e il signor Maniace, che è vidovo».

«Ti sei fatto diri indove stanno allocate 'ste case?».

«Sissi, haio l'indirizzi».

«Ecco, bisognerebbi che 'sti signori c'informassiro di quanno hanno 'ntinzioni di...».

«Già fatto» disse Fazio. «Siccome che ho capito indove vossia voliva annare a parare, mi sono permesso di...».

«Hai fatto benissimo. Sicuramenti l'urtimo furto sarà in una di 'sti tri case».

«Il signor Sciortino m'ha avvertito che forse oggi gli arriva 'na coppia d'amici da Roma. E andrebbero nella loro villetta a mari. Semo rimasti d'accordo che se ci vanno, 'nn'avvisa».

«E la signora Cosulich s'è vista?».

«Ancora no».

«A proposito, la vidova Cannavò, la strucciolera, ti disse cosa della Cosulich?».

«Come no? Un monumento le fici! 'Na statua da mettiri supra all'altaro! Mi disse che era fedelissima allo zito che viniva ad attrovarla 'na vota all'anno, che un sacco di òmini le firriavano torno torno, ma lei nenti, 'na roccia».

Montalbano sorridì.

«Si vidi che il segreto dello scannatoio la Cosulich l'ha saputo tiniri bono! E per questo non voli che si veni a sapiri».

Montalbano taliò il ralogio, era squasi l'una. In quel momento il tilefono sonò.

Era Angelica.

«Sto arrivando, mi scuso per il ritardo».

«Quando è qua, chieda dell'ispettore Fazio. Raccoglierà la sua denunzia».

«Ah».

Tono liggermenti sdilluso.

O si sbagliava?

«E a lei non la vedo? Avevo pensato... sempre che lei non abbia impegni, di pranzare assieme».

Assai più larga piaga e più profonda
Nel cor sentì da non veduto strale...

«Quando ha finito con Fazio passi da me» fici Montalbano con un tono di voci tra il burocratico e l'indiffirenti.

'Nveci si sarebbe mittuto a fari sàvuti di filicità, se non era per Fazio che sinni stava ancora dintra alla sò càmmara.

Come fari a passari tempo aspittanno che Angelica finiva la denunzia con Fazio?

La dimanna gli fici tornari a menti un episodio di quann'era vicecommissario. E arriniscì a farigli diminuiri tanticchia la botta di nirbùso che gli procurava 'na speci di trimolizzo dintra.

'Na notti s'appostò con dù òmini nel vicolo di un paìsi che non accanosciva, composto da 'na trentina di casuzze, perso tra le montagne.

Spiravano di catturari un latitanti.

Si fici matina, spuntò il soli.

Non c'era cchiù nenti da fari, l'operazioni era annata a vacanti.

Allura annò con i sò òmini a pigliarisi un cafè e vitti, 'n lontananza, nella strata principali, 'na putìa che esponiva giornali.

Ci s'avviò, ma quanno fu davanti a quella speci d'edicola notò che i giornali esposti erano vecchi, arrisalivano al 1940.

C'era persino 'na copia de «Il Popolo d'Italia», ch'era il giornali fascista per eccillenza, che riportava 'n prima pagina il discurso di Mussolini che dichiarava la guerra.

Strammato e 'ncuriosuto, trasì dintra alla putìa.

Supra agli scaffali di ligno cummigliati di pruvolazzo, ci stavano saponetti, dentifrici, lametti per barba, scatole di brillantina, ma tutte risalenti allo stisso piriodo dei giornali.

Darrè al banconi c'era un sittantino sicco sicco, 'na varbetta caprina, e occhiali spissi.

«Vorrei un dentifricio» disse Montalbano.

Il vecchio gliene pruì uno.

«Però bisogna che lo prova prima» gli consigliò «può darsi che non è cchiù bono».

Montalbano svitò il tappo, primì e 'nveci di nesciri il vermetto della pasta dentifricia vinni fora 'na speci di pruvolazzo rosa.

«Si siccò» disse sconsolato il vecchio.

Ma lui gli sorprinnì un lampo addivirtuto nell'occhi.

«Proviamone un altro» fici, dato che voliva annare a funno di quella facenna che l'incuriosiva.

Macari dal secunno tubetto niscì pruvolazzo.

«Mi scusi» gli spiò allura. «Mi spiega che ne ricava da un negozio accussì?».

«Che 'nni ricavo, egregio? Che passo tempo coi forasteri come lei».

Passari tempo significa sopravviviri.

Come quella vota che 'ngaggiò 'na sfida di resistenza al soli con una lucertola...

Tuppiaro alla porta.

«Avanti».

Erano Fazio e Angelica.

«Ci abbiamo messo poco tempo perché la signorina è stata bravissima, ha portato un elenco dettagliatissimo di quello che le è stato rubato» disse Fazio.

«Allora possiamo andare?» spiò Montalbano ad Angelica.

«Di corsa» arrispunnì lei sorridenno.

«Ha la macchina?».

«Se l'è dimenticato che me l'hanno rubata?».

A vidirisilla caminare allato, non ci stava cchiù con la testa.

«Allora andiamo con la mia».

«Dove mi porta?».

«Dove vado di solito. Da Enzo. C'è mai stata?».

«No. Noi abbiamo un accordo con un ristorantino dietro la banca. È così così. Da Enzo si mangia bene?».

«Benissimo, altrimenti non ci andrei».

«Anche a me piace mangiare bene. Non cose ricercate, semplici ma buone».

Un punto a favori.

Anzi il millieunesimo, consideranno i milli punti a favori che lei s'era già guadagnati con la sula prisenza.

Enzo fu colpito dalla biddrizza della picciotta e non l'ammucciò. Ristò tanticchia 'ngiarmato a taliarla a vucca aperta, po', siccome che la tovaglia aviva un'impercettibili macchiolina, la volli cangiare.

«Cosa prendono?».

«Io prenderò tutto quello che prenderà il signore» dichiarò lei.

Roder si sentì il core, a poco a poco
tutto infiammato d'amoroso foco.

Montalbano accomenzò la litania.

«Un antipasto di mare?».

«Buono!».

«Spaghetti ai ricci di mare?».

«Benissimo!».

«Triglie di scoglio fritte?».

«Ottimo!».

«Vino della casa?».

«Va bene».

Enzo s'allontanò filici.

Ora viniva 'na cosa difficili a diri.

«Lei mi riterrà un maleducato e a ragione. Ma devo avvisarla: quando mangio detesto parlare. Trattandosi di lei, posso ascoltarla volentieri, questo sì».

Angelica si misi a ridiri.

'Na risata fatta di perli che cadivano 'n terra e rimbalzavano, ricadivano e rimbalzavano.

Un vecchio clienti assittato sulo a un tavolino si voltò verso Angelica e l'omaggiò di un inchino.

«Perché ride?».

«Perché neanche a me piace parlare mentre mangio. Sapesse la sofferenza di dover stare a tavola assieme a dei colleghi che oltretutto parlano solo di lavoro!».

Non si scangiaro cchiù 'na parola, ma taliate, sorrisini, mugolii, sì, e 'n gran quantità.

Fu meglio assà che 'na longa discurruta.

Se la pigliaro commoda e quanno niscero dalla trattoria erano chiuttosto appisantiti.

«L'accompagno a casa?».

«Lei torna in commissariato?».

«Non subito, prima...».

«Che fa?».

«Beh...».

Dirglielo o no? Ma potiva tiniri 'na cosa ammucciata a lei?

«Vado con la macchina al porto, la posteggio, mi faccio una passeggiata lungo il molo di levante fin sotto il faro, mi seggo su uno scoglio, mi fumo una sigaretta e poi ritorno».

«Su questo scoglio c'è posto per due?».

C'era posto, ma era picca, sicché i loro corpi di nicissità non ficiro che toccarisi.

Tirava un venticeddru liggero liggero.

Amor, che m'arde il cor, fa questo vento...
amor, con che miracolo lo fai...

Si finero la sigaretta senza diri 'na parola.

Po' lei disse:

«Per quel favore che le avevo chiesto...».

«Non le ha detto niente Fazio?».

«No».

«Abbiamo deciso d'accogliere la sua richiesta».

In risposta alla sua domanda, avrebbe dovuto primittiri, se voliva fari la parti del pirfetto burocrate.

Capiva che tutti e dù avivano le paroli come supra a un asse d'equilibrio, ne abbastava una in cchiù o una 'n meno per fari precipitari di colpo la situazioni.

«Grazie».

«Torniamo?» spiò poi Montalbano.

«Torniamo».

Come fu naturali e semprici il gesto d'Angelica che gli pigliò 'na mano nella sò!

Arrivaro alla machina.

«L'accompagno in banca?».

«No. Ho chiesto un giorno di permesso. Voglio rimettere tutto in ordine, viene la cameriera ad aiutarmi».

«Allora l'accompagno a casa?».

«Preferisco andare a piedi. Non è poi così lontano. Grazie della sua compagnia».

«Grazie a lei».

Nei jorni che vinniro appresso, non arriniscì ad arricordare come passò quel doppopranzo in commissariato.

Di sicuro vinni Fazio a parlarigli di qualichi cosa, ma non ci accapì il resto di nenti.

Il sò corpo stava assittato supra alla seggia darrè alla scrivania, questo lo potivano vidiri tutti, ma quello che non vidivano era che la sò testa, come un palloncino di picciliddri, si era staccata dal collo e sinni stava 'mpicciacata al soffitto.

Diceva sì sì e no no a sproposito e a proposito.

Fazio trasì 'na secunna vota, lo vitti con l'occhi persi e prifirì tornarisinni indove era vinuto.

Si sintiva qualichi linia di fevri.

Pirchì Angelica non attrovava 'na scusa qualisisiasi e gli faciva 'na tilefonata? Aviva bisogno di sintiri la sò vuci.

Ingiustissimo Amor, perché sì raro
corrispondenti fai nostri desiri?

Finalmente si ficiro l'otto.

Era arrivata l'ura di tornarisinni a Marinella.

Si susì, niscì dalla sò càmmara, e quanno s'attrovò a passari davanti a Catarella, gli spiò:

«Ci sono state telefonate per me?».

«Nonsi dottori, per vossia, nisciuna».

«Sicuro?».

«Sicurissimo».

«Bonanot...».

Ma Catarella l'interrompì.

«Tilefonò ora ora uno ginerico».

«Uno che di cognomi fa Generico?».

«Nonsi, dottori, ginerico nel senso che trattavasi di cosa ginericamenti ginerica».

Che significava?

«Ti puoi spiegari meglio?».

«'Sto signori non voliva a nisciuno 'n particolari».

«Ma che disse?».

«'Na cosa inutili di cui il quali questo commissariato non sapiva che cosa farisinni».

«Tu dimmela lo stisso».

«Dottori, picca ci accapii. Disse che datosi che l'amico sò era arrivato, sinni partiva. E io che ci dovevo diri in risposta? Ci fici augurio di bona vacanza».

Nella testa di Montalbano scoppiò un pinsero fulminanti.

«Te lo disse come si chiamava?».

«Sissi, dottori, e io me lo scrissi».

Pigliò un pizzino, lo liggì.

«Sciocchino, dissi che s'acchiamava».

Sciortino! Che, come d'accordo, li aviva avvirtuti che annava nella casa al mari!

«Chiama a Fazio e fallo viniri di cursa nel mè ufficio».

Tornò nella sò càmmara e un minuto appresso arrivò Fazio.

«Che fu, dottore?».

«Fu che gli Sciortino se ne sono annati al mari coi loro amici di Roma. L'ho saputo per combinazione da Catarella. A momenti non mi diceva nenti. Colpa nostra, ci siamo scordati d'avvertirlo».

«Mannaggia! E io che ho messo in libbirtà Gallo!».

«Mandiamo qualche altro».

«Dottore, non abbiamo personali. Con tutti questi tagli che ha fatto il governo...».

«E hanno macari il coraggio di chiamarla liggi supra alla sicurezza dei cittadini! Semo arridotti senza machine, senza benzina, senza armi, senza òmini... Si vidi che sunno seriamenti 'ntinzionati a favoriri la sdilinquenza. Basta. Che potemo fari?».

«Se vuole, ci vado io» fici Fazio.

Non c'era che 'na sula soluzioni. Montalbano si tirò il paro e lo sparo e arrivò alla conclusioni.

«Senti, facciamo accussì. Io vado a Marinella, mangio e poi alle unnici ci vado io a montari la guardia. Tu mi vieni a dare il cambio alle tri di stanotti. Dammi l'indirizzo di 'sto villino».

Mentri stava ghienno a Marinella, arriflittì che forsi era meglio, mentri ancora c'era lustro, se annava a dari una taliata al villino degli Sciortino che s'attrovava a 'na decina di chilometri dalla sò casa, passata Punta Bianca.

La pinsata arrisultò bona.

Proprio darrè al villino, ch'era squasi a ripa di mari, c'era 'na collinetta con qualichi àrbolo. Ci s'arrivava dalla provinciali.

Parcheggianno la machina proprio sul ciglio, potiva tiniri tutto sutta controllo stannosinni comodamenti assittato.

Pigliò la strata per tornari.

Sintì il telefono sonari, come capitava spisso, mentri stava raprenno la porta. Arriniscì a pigliari la chiamata.

Era Livia.

Non volli ammittiri con se stisso ch'era ristato tanticchia sdilluso.

Livia gli comunicò che gli tilefonava ora pirchì avrebbi fatto tardo dato che aviva 'na riunioni coi sindacati.

«E da quando in qua hai a che fare coi sindacati?».

«Sono stata designata dai miei colleghi. Purtroppo ci sono licenziamenti in vista».

Montalbano le agurò bona fortuna.

Raprì il frigorifero. Non c'era nenti. Raprì il forno e gioì.

Adelina gli aviva priparato un piatto di milinciani alla parmigiana bastevoli per quattro e che profumava di perfezioni.

Conzò la tavola nella verandina, accomenzò a mangiare e si sintì arricriari tutto.

Siccome che doppo mangiato gli ristava ancora un'orata di tempo, annò a farisi 'na doccia e si misi un vistito vecchio ma commodo.

Sintì sonari il telefono, annò a risponniri.

Era Angelica.

Il cori gli pigliò a stantuffari come un vecchio treno 'n salita.

Otto

«Perché ansima?».

«Ho fatto un po' di jogging».

«Ho telefonato in commissariato e m'hanno gentilmente dato il suo numero privato».

Pausa.

«Volevo solo augurarle la buona notte».

Addivintò tutto 'nzemmula primavera.

Margheritine spuntaro negli interstizi tra un mattoni e l'altro del pavimento.

Dù rondini vinniro a posarisi supra alla libreria. Cinguettarono, sempri che le rondini cinguettino.

«Grazie. Ma purtroppo per me non sarà una buona notte».

Pirchì lo disse?

Voliva farisi compatiri o voliva appariri ai sò occhi un guerriero come Orlando?

«Perché?» spiò lei.

«Devo sorvegliare il villino degli Sciortino».

«So dov'è. Pensa che i ladri stanotte...».

«È una probabilità».

«Ci andrà da solo?».

«Sì».

«E dove si nasconderà?».

«Sa quella collinetta che c'è...».

«Sì, ho capito».

Un'altra pausa.

«Beh, auguri e buona notte lo stesso».

«Anche a lei».

Alla fini, aviva tilefonato! Meglio che nenti. S'avviò alla machina canterellando «Guarda come dondolo...».

Accapì doppo 'na decina di minuti che stava in auto che non era stata 'n'idea filici.

Gli Sciortino e la coppia amica avivano fatto un barbecue a ripa di mari e ora sinni stavano a fumari e a viviri.

Lui perciò non aviva nenti da sorvegliari. Potiva sulo mittirisi a pinsari.

E chisto fu il granni errori.

Pirchì non pinsò per nenti all'indagini, ai latri, al signor Zeta.

Pinsò ad Angelica.

Ed in un gran pensier tanto penètra,
che par cangiato in insensibil pietra.

Immobili, accomenzò a sintiri crisciri dintra di lui, 'mproviso e violento, un gran senso di vrigogna.

Macari se non c'era nisciuno con lui, avvertì che la sò facci addivintava russa per l'affrunto.

Ma che aviva fatto? Gli era nisciuto il senso?

Comportarisi con quella picciotta come un 'nnamu-

rato di sidici anni! 'Na cosa era spasimari a sidici anni davanti al disigno d'una fìmmina, e 'n'altra cosa
è mittirisi a fari il cretino con una picciotta 'n carni
e ossa.

Aviva fatto confusioni tra il sogno di picciotto e la
realtà di uno squasi sissantino.

Ridicolo! Si stava addimostranno un omo ridicolo!

'Nnamurarsi accussì d'una picciotta che potiva essiri sò figlia!

Che spirava d'ottiniri?

Angelica era stata 'na fantasia di gioventù, e ora circava di riagguantari la gioventù oramà persa da anni e
anni attraverso di lei?

Ma chiste erano fisime di vecchio stolito!

Doveva troncari subito. 'Mmidiatamenti.

Non era dignitoso per un omo come lui.

E capace che Fazio aviva accapito ogni cosa e ora se
la ridiva.

Che spittacolo indegno e miserabili che stava danno!

Pensoso più d'un'ora a capo basso…

No! E soprattutto basta con 'sta minchiata dell'*Orlando furioso!*

Dintra all'abitacolo, a malgrado che i finestrini erano aperti, gli ammancava l'aria.

Raprì lo sportello, scinnì, fici qualichi passo. Gli arrivavano le risati dei quattro a ripa di mari.

S'addrumò 'na sicaretta, addunannosi che le mano
gli trimavano.

Da giù non lo potivano vidiri.

Dunqui, come primo provedimento, tornanno a Marinella avrebbi staccato il telefono. Casomà ad Angelica viniva 'n testa di farigli 'na telefonata notturna.

E po', all'indomani a matino, appena arrivato 'n commissariato, avrebbi dato ordine a Catarella che...

Tutto 'nzemmula notò 'na machina che lassava la provinciali, astutava i fari e principiava a diriggirisi allo scuro e col motori al minimo verso il posto indove s'attrovava lui.

Il cori gli satò 'n petto.

Erano i latri, di sicuro.

Si erano scigliuta macari loro la collinetta come punto d'osservazioni.

Ghittò la sicaretta, piegato in dù corrì verso la sò machina, raprì il cruscotto, pigliò l'arma, s'acculò di lato.

L'altra auto procidiva a rilento, sempri coi fari astutati.

Si fici un piano.

Firmarli ora non avrebbi assignificato nenti, anzi, sarebbi stato un grosso errori.

Abbisognava aspittari che accomenzavano a travagliare per trasire nel villino. E allura subito avrebbe chiamato col cellulari gli Sciortino per avvertirli. Quelli si sarebbero mittuti a fari voci, a chiamari aiuto, e i latri scantati avrebbiro abbannunato la 'mprisa.

E lui 'ntanto avrebbi provveduto a fari sì che i latri, tornanno narrè a pigliari la machina per scappari, l'attrovavano fora uso.

Il seguito l'avrebbi 'mprovisato.

L'auto si firmò a poca distanza. Lo sportello si raprì.

Scinnì Angelica.

Pieno di dolce ed amoroso affetto
alla sua Donna, alla sua Diva corse,
che con le braccia al collo il tenne stretto…

Assà cchiù tardo, quanno gli Sciortino e i loro amici si erano annati a corcari, e le luci del villino erano tutte astutate, e la luna piena illuminava a jorno la notti, lui le spiò:

«Perché sei venuta?».

«Per tre ragioni» disse lei. «Perché non avevo sonno, perché avevo voglia di rivederti e perché ho pensato che non avremmo destato sospetti nei ladri se eravamo una coppia che pomiciava dentro un'auto».

«La macchina con la quale sei venuta di chi è?».

«L'ho presa in affitto oggi pomeriggio. Mi è indispensabile».

«In auto non mi piace. Abbiamo tempo».

«Neanche a me piace».

Cchiù tardo ancora, che erano già le dù e mezza, Montalbano disse alla picciotta che tra poco sarebbi arrivato Fazio a dargli il cambio.

«Vuoi che me ne vada?».

«Sarebbe meglio».

«Pranziamo assieme domani?».

«Telefonami in ufficio. Se sono libero...».

S'abbrazzaro stritti stritti.

Si vasaro accussì a longo che ne emersero ansanti come dù sub doppo 'na longa apnea.

Po' lei sinni partì.

Doppo 'na decina di minuti arrivò Fazio. Montalbano l'aspittava fora della sò machina.

Non voliva che quello s'avvicinava, era troppo 'mprignata dal sciauro d'Angelica.

«Novità?» spiò Fazio.

Altro che novità! Era successo un miracolo insperato, divino. Ma non arriguardava l'indagine.

«Nisciuna. Tutto tranquillo».

Senza nisciun motivo, Fazio gli addrumò 'n facci la grossa torcia in dotazioni della polizia.

«Dottore! Che si fici alle labbra?».

«Pirchì?».

«Sono russe e gonfie».

«Forsi mi pizzicò qualichi zanzara».

Non avivano fatto altro, con Angelica, per squasi quattro ure, che starisinni a vasarisi alla dispirata.

«Allura bonanotti, dottore».

«Bonanotti a tia. Ah, m'arraccomanno: se hai bisogno, chiama, non ti fari scrupoli».

«D'accordo».

Sapiva ch'era 'mprisa inutili quella d'annare a corcarsi. Non avrebbi fatto altro che arramazzarisi dintra al letto senza arrinesciri a chiuiri occhio col pinsero sempri fisso ad Angelica.

Perciò s'assistimò nella verandina, con le sigarette e il whisky a portata di mano.

E accussì vitti arrivari l'alba.

Po' vinni il solito piscatori che lo salutò isanno un vrazzo e annò a mittiri la varca in acqua.

«Se lo fa un giro?».

«Pirchì no? Arrivo tra un momento».

Trasì 'n casa, si 'nfilò il costumi, scinnì nella pilaja, misi i pedi in acqua, acchianò nella varca.

Al largo, si ghittò 'n mari e si fici 'na gran natata di squasi un'orata, sino a sintirisi sfinito.

L'acqua era gelida, ma era quello che ci voliva per raffriddargli il sangue che quella notti aviva toccato la timpiratura d'ebollizioni.

S'appresentò in commissariato lindo e pinto che manco erano le novi.

«Maria, dottori! Che bella facci che tiene stamattina! Pari che havi deci anni di meno!» sclamò Catarella vidennolo.

«'Na volta che c'eri, s'avissi ditto trenta di meno sarebbi stato meglio» gli arrispunnì Montalbano.

Po' spiò:

«Fazio s'è visto?».

«Ora ora arrivò».

«Mandamelo».

«Tutto tranquillo» fici Fazio trasenno. «Smontai alle cinque e mezza. Troppo tardo per i latri».

«Forsi sarebbi bene che tu facissi 'na tilefonata a Sciortino per sapiri fino a quanno si trattengono a Punta Bianca».

«Già fatto».

Quanno Fazio diciva già fatto, e capitava spisso, a Montalbano gli smorcava il nirbùso.

«Fino a dopodomani».

«E questo veni a significari che abbisogna organizzare i turni per stasira e per domani a sira».

«Già fatto».

Sutta alla scrivania, il pedi di Montalbano, di sò iniziativa, accomenzò a battiri il tacco contro il pavimento.

«C'è bisogno di mia?» spiò.

«Nonsi, dottore. Vossia piccamora è dispensato. A meno che non ci prova piaciri...».

Che viniva a significari quella frasi?

Fazio alludeva? Aviva sospittato qualichi cosa?

Fazio era uno sbirro cchiù che temibili dal quali in quella situazioni abbisognava guardarisi come dalla pesti.

«Che piaciri vuoi che provi a stari vigliante dintra a 'na machina?» spiò a bella posta sgarbato.

Fazio non replicò.

«Con tutte quelle zanzare che non ti danno requie?» continuò il commissario.

«A mia nun mi hanno muzzicato» disse Fazio.

Stavolta a non replicari fu Montalbano.

Ma spirò che Angelica non gli tilefonasse mentri quello s'attrovava ancora nel sò ufficio.

Tutto 'nzemmula, a Montalbano vinni di fari 'na pinsata.

Nel cellulari aviva il nummaro di tilefono del villino degli Sciortino, ma se l'era scordato a Marinella.

Lo spiò a Fazio e appena quello glielo detti, chiamò.

«Pronto» fici 'na voci fimminina.

«Buongiorno. Il commissario Montalbano sono. Vorrei parlare col signor Sciortino».

«Sono la moglie, glielo passo subito».

«Buongiorno, mi dica, commissario».

«Signor Sciortino, mi dispiace disturbarla, ma avrei bisogno di una informazione».

«A disposizione».

«L'ha detto ai suoi amici di Vigàta che sarebbe andato nel suo villino a mare per tre giorni?».

«Scusi, perché mi fa questa domanda?».

«Non posso risponderle, mi creda».

«Io nei miei amici ho piena fiducia».

«Fa benissimo».

«E del resto mi pare che non sia successo nulla stanotte, no?».

«Assolutamente. Ma la prego di rispondermi lo stesso».

«Penso di non averlo detto a nessuno».

«Ci rifletta bene».

«Ne sono certo, a nessuno».

«E sua moglie?».

«Aspetti un attimo».

Ci 'mpiegò veramenti un attimo.

«Antonietta dice lo stesso».

«Lei è stato veramente gentile, grazie».

Appena che posò la cornetta, Fazio disse:

«'Sta strata non porta da nisciuna parti, dottore».

«Spiegati».

«Ho accapito indove vossia voli arrivari. Ma macari se i latri non si fanno vidiri nelle prossime dù nottate, questo non significa che il signor Zeta è uno dei diciotto amici dei Peritore. È possibbili che il signor Zeta non faccia parti di questo gruppo d'amici o che ne faccia parti ma non abbia nisciun 'ntiressi ad annare ad arrubbare dagli Sciortino».

«Il ragionamento fila» ammisi Montalbano.

Se era in condizioni normali, non avrebbe mai pinsato a 'na minchiata simili.

Ma potiva dirisi in condizioni normali uno squasi sissantino 'nnamurato stracotto di 'na picciotta manco trentina?

Cchiù per darisi un contegno davanti a Fazio che per vera nicissità, chiamò «Retelibera».

«C'è Zito? Montalbano sono».

«Un momento».

Il tilefono accomenzò a trasmittiri un brano dell'Anello del Nibelungo che non era proprio cosa d'intrattenimento tilefonico.

«Ciao, Salvo».

«Ciao. Senti, dopo la notizia che hai data del furto, ci sono state reazioni?».

«Nessuna. Nel caso ti avrei telefonato».

«Arrivederci».

Un altro pirtuso nell'acqua, tanto per usari 'na frasi fatta.

Si taliaro sconsolati.

«Io vaio nella mè càmmara» fici Fazio susennosi e niscenno.

Subito appresso il tilefono sonò.

«Dottori, ci sarebbe che c'è la signora Cosulicchio».

«Qua?».

«Nonsi, dottori. Supra alla linia».

«Passamela».

Tempismo perfetto.

«Ciao».

«Ciao».

«Dormito bene?» spiò lei.

«Non sono andato a letto».

«Ci sono state complicazioni?».

«No. Ma siccome ero certo di non riuscire ad addormentarmi, ho aspettato che si facesse l'alba».

«Io invece sono andata giù come un sasso. Ti sto telefonando dall'ufficio, ho poco tempo. Non posso venire a pranzo».

Il cori gli cadì 'n terra e di certo riportò qualichi lesioni.

«Perché?».

«Devo trattenermi in banca per una mezz'oretta dopo la chiusura, staremmo assieme troppo poco».

«Sempre meglio che niente».

«Io la penso diversamente. Qua finisco alle diciotto. Passo da casa, mi cambio e dopo vengo da te, se sei libero e lo vuoi. Andiamo a cena invece che a pranzo».

«D'accordo».

«Spiegami bene come si fa ad arrivare a casa tua».

Le lesioni al cori della precedenti caduta si saldarono perfettamenti.

Annò a mangiari da Enzo.

«E la beddra picciotta d'aieri?».

Pariva sdilluso.

«Enzo, quella è 'na conoscenti occasionali».

«'St'occasioni le vorria aviri macari io».

«Che mi porti?» tagliò Montalbano.

«Chiddro ca voli».

Immancabili antipasto. Risotto con pisci vario. Dù linguate enormi che niscivano fora dal piatto.

Stava susennosi per annare fora, quanno Enzo lo chiamò.

«Al tilefono, dottori».

Chi si pirmittiva di scassargli i cabasisi fino al ristoranti? Aviva dato ordini tassativi al riguardo.

«Dimanno compressioni e pirdonanza, dottori. Ma ora ora tilefonò il signori e guistori arraggiato che pariva un ciaquaro della foresta quatoriali! Maria, come faciva! Li pili delle vrazza mi s'arrizzaro!».

«Che voliva?».

«Non me lo disse. Ma tra mezz'ora arritilefona novamenti e dici che la voli attrovari in ufficio assoluto assolutissimamenti!».

«Arrivo».

E ti saluto passiata fino a sutta al molo. Come avrebbi fatto a digiriri?

Meglio provvidiri diversamenti.

«Enzo, dammi un digestivo».

«Haio un limoncello che fa mè mogliere ch'è meglio assà di uno sturalavandini».

E 'nfatti un certo effetto lo fici.

Stava da 'na decina di minuti assittato al sò posto che il tilefono squillò.

«Luissimo è, dottori!» fici agitato Catarella.

«Passamillo».

«Montalbano!».

«Sono qua, signor questore».

«Montalbano!».

«Sempre qua sono».

«E questa è la mia dannazione! Che lei è sempre qua invece di andarsene al diavolo! Di scomparire! Ma stavolta, quant'è vero Iddio, la paga per tutte!».

«Non capisco».

«Capirà. L'aspetto alle diciotto».

'Na minchia! Né alle diciotto né doppo, manco se calava Dio! Abbisognava 'nvintarisi 'na scusa.

«Alle diciotto ha detto?».

«Sì. È diventato sordo?».

«Ma alle diciotto arriva la Pinkerton!».

«Cos'è?».

«Una nave, signor questore».

Nove

«Una nave? E che c'entra lei?».

«Sono stato allertato dalla Capitaneria di porto. Pare che a bordo ci sia del contrabbando».

«Ma non è cosa di competenza della Finanza?».

«Sissignore. Ma sono tutti ammalati. C'è una piccola epidemia di mal di pancia. Pare che ci sia stato un inquinamento nella condotta dell'acqua potabile».

Che si potiva 'nvintari di cchiù?

«Mandi il suo vice!».

«È stato licenziato, signor questore».

«Licenziato? Che cavolo dice?».

«Mi scusi, mi sono confuso. Volevo dire che è in licenza».

Mannaggia a Catarella!

«Allora l'aspetto alle diciassette spaccate».

Riattaccò senza salutari.

Ma che potiva essiri capitato?

Sonò il tilefono. Era Zito.

«L'hai sintuto all'una a Ragonese?».

«No. Che disse?».

«Veni ccà che ti fazzo vidiri la registrazioni, è meglio».

Vinti minuti appresso trasiva di gran cursa nelli studi di «Retelibera».

«Annamo in saletta. È tutto pronto» disse Zito.

Nella saletta non c'era nisciuno.

Zito fici partiri la registrazioni.

La vucca della facci a culo di gaddrina del giornalista Ragonese accomenzò a parlari.

«Siamo venuti a conoscenza di un fatto di una gravità inaudita. Naturalmente, faremo recapitare al questore Bonetti-Alderighi la lettera che ci ha messo al corrente dell'episodio. Abbiamo già informato i nostri ascoltatori che un'ondata di furti s'è abbattuta sul nostro paese senza che il commissario Salvo Montalbano, cui purtroppo spettano le indagini, sia riuscito a porvi un freno. I ladri hanno un modus operandi ripetitivo.

«Entrano in una casa di villeggiatura mentre ci sono dentro i proprietari che dormono, s'impossessano delle chiavi dell'appartamento di città e lo vanno a svaligiare comodamente. Lo stesso è avvenuto per il nuovo furto ai danni della signorina Angelica Cosulich, ma nel suo rapporto il commissario Montalbano ha alterato i fatti, scrivendo che il furto sarebbe avvenuto solo ed esclusivamente nell'appartamento cittadino della signorina Cosulich. Invece anche stavolta l'iter era stato lo stesso: i ladri erano in precedenza penetrati nella villa di un cugino della signorina Cosulich, mentre lei vi dormiva, entrando in possesso delle chiavi. Ora ci sono due domande da fare. È stata la signorina Cosulich a non raccontare al commissario Montalbano come erano andati realmente i fatti?

E se sì, a che scopo? Oppure è stato il commissario Montalbano a fare un rapporto parziale sui fatti? E se sì, perché? Terremo informati i nostri ascoltatori sugli ulteriori sviluppi su un fatto che riteniamo molto grave».

«Volivi 'na reazioni? L'hai avuta!» disse Zito.

Ora aviva accapito che cosa aviva fatto arraggiari il signori e guistori.

Erano le quattro e mezza epperciò s'avviò a lento verso la questura.

L'usceri lo fici trasire nell'ufficio di Bonetti-Alderighi alle cinque e vinti.

Montalbano era tranquillo, aviva avuto tutto il tempo per priparari 'na difisa drammatica, da recitari all'antica italiana, tipo Gustavo Salvini o Ermete Zacconi.

Il questori non isò l'occhi da un foglio che stava liggenno, non lo salutò e manco gli dissi d'assittarisi.

Avviso ai naviganti: fortunale di forte intensità in arrivo.

Appresso, sempri senza diri 'na parola, il questori allungò un vrazzo e pruì a Montalbano il foglio che stava liggenno.

Era 'na littra anonima, scritta a stampatello.

NON È VERO CHE I LADRI SONO ENTRATI SOLO NELL'APPARTAMENTO DOVE ABITA ANGELICA COSULICH. LE CHIAVI LE HANNO PRESE DALLA VILLA DI UN SUO CUGINO DOVE LEI SI ERA RECATA A PASSARE UN GIORNO DI

120

VACANZA. PERCHÉ IL COMMISSARIO MONTALBANO HA OMESSO DI DIRE QUESTO NEL SUO RAPPORTO?

Montalbano ghittò sdignoso il foglio supra alla scrivania del questori.

«Esigo una spiegazione!» fici Bonetti-Alderighi.

Montalbano si portò 'na mano alla fronti come se gli faciva mali.

Po' disse con voci 'mpostata:

«Ahimè! Qual grave offesa è questa?».

Si livò la mano dalla fronti, sgriddrò l'occhi, indicò il questori con l'indici trimanti.

«Ferito son da sì iniqua ingiuria!».

«Via, Montalbano, nessuno la sta ingiuriando!» disse il questori tanticchia 'mparpagliato.

«Lei ascolto ha dato a un vile anonimo! Lei, sì lei, che protegger dovrebbe i suoi fidi, lei l'abbandona alla mercé di una bassa fandonia!».

«Ma perché parla così? Si calmi, via!».

Montalbano, cchiù che assittarisi, stramazzò supra a 'na seggia.

«Il mio rapporto è onesto e veritiero! E niun dee dubitarne!».

«Ma perché parla così?» arripitì il questori 'mpressionato.

«Posso avere un po' d'acqua?».

«Se la prenda».

Montalbano si susì, fici dù passi sbannanno come un imbriaco, raprì il frigobar, si virsò un bicchieri d'acqua, tornò ad assittarisi.

«Ora sto meglio. Mi perdoni, signor questore, ma quando vengo accusato ingiustamente perdo per un certo tempo il controllo del linguaggio. È la sindrome di Scotti Turow, conosce?».

«Vagamente» fici il questori che non voliva passari per 'gnoranti totali.

«Mi dica come è andata veramente la faccenda».

«Signor questore, questa lettera dice solo falsità. È vero che la signorina Cosulich dormiva nella villa di suo cugino...».

«Ma allora...».

«Mi lasci finire, per favore. I ladri però non sono entrati nella villa, non l'hanno svaligiata».

E questa era la pura e semplici virità.

«Ma come hanno fatto a impadronirsi della chiavi? Perché lei, nel suo rapporto, scrive che la porta dell'appartamento non è stata forzata!».

«Mi lasci spiegare. La signorina Cosulich ha lasciato incautamente le chiavi dell'appartamento di Vigàta sul cruscotto della sua auto che era parcheggiata davanti alla villa. I ladri, evidentemente di passaggio, hanno forzato lo sportello, hanno guardato i documenti con l'indirizzo della signorina e si sono approfittati dell'occasione. Tecnicamente, non potevo scrivere nel rapporto di un furto in villa che non c'è mai stato. Ho scritto invece che alla signorina è stata rubata l'auto. Come vede, non c'è stata nessuna omissione».

Taliò il ralogio. Matre santa, le sei meno tri erano!

«Mi scusi, signor questore, ma è in arrivo la Butterfly e io dovrei...».

«Ma non ha detto che si chiamava Pinkerton?».

«Mi perdoni, ha ragione lei, Pinkerton, ma questa ingiusta accusa mi ha...».

«Vada, vada».

Corrì verso Marinella a rotta di collo, equivalenti a un'ottantina di chilometri per un guidatori normali.

Mentri stava traversanno il villaggio di Villaseta, un carrabbineri con tanto di paletta, che stava forsi ammucciato darrè a un filo d'erba, gli si parò davanti e lo firmò.

«Patente e libretto».

«Scusi, perché?».

«Il limite di velocità dentro un centro abitato è di cinquanta orari. Lo sanno cani e porci».

Il nirbùso per la nova perdita di tempo e la frasi fatta ficiro nesciri il commissario in una battuta 'nfilici.

«I gatti invece non ne sono informati?».

Il carrabbineri lo taliò malamenti.

«Vogliamo fare gli spiritosi?».

Non potiva attaccari turilla, capace che quello se lo portava 'n caserma e addio Angelica.

«Mi scusi».

L'umiliazioni, la vrigogna, l'affrunto per un commissario della polizia doveri addimannari scusa a uno dell'Arma!

Il carrabbineri, che stava talianno attentamenti la patenti, fici 'na facci stramma.

«Lei è il commissario Montalbano?».

«Sì» ammise a denti stritti.

«È in servizio?».

Certo che era in servizio, lui era sempri in servizio.

«Sì».

«Allora vada pure» fici il carrabbineri restituennogli patenti e libretto e facennogli il saluto militari.

S'allontanò a 'na vilocità che l'avrebbi fatto arrivari ultimo in una gara tra tartarughe, ma alla prima curva ripartì a ottanta.

Quanno arrivò a Marinella erano le sei e quaranta.

Ora va a sapiri se Angelica aviva telefonato!

Staccò la cornetta in modo che il tilefono arrisultava occupato, si annò a fari 'na rapita doccia pirchì era assuppato di sudori, rimisi la cornetta a posto e si cangiò tutto.

La scena drammatica col signori e guistori era stata 'mpignativa assà...

Alle setti e mezza, che già s'era fumato un intero pacchetto di sicaretti, il tilefono s'addecisi a sonari.

Era Angelica.

«C'è un contrattempo».

E che era? La jornata del no?

«Dimmi».

«Mi trovo nella villa di mio cugino. Ero venuta per rimettere in ordine la mia camera, sai, dopo il furto non c'ero più tornata, e a un tratto è andata via la corrente. Dev'essere saltato un fusibile. Qui ho tutto l'occorrente, ma non sono capace».

«Scusami, ma che bisogno hai della corrente adesso? Chiudi, vieni da me e domani chiami un elettricista».

«Stanotte danno l'acqua».

«Non ho capito».

«Qua l'acqua la danno una volta alla settimana. Nella cisterna, se non c'è l'elettricità, l'acqua non viene aspirata. Capisci? Rischio di restare più di una settimana senza».

A Montalbano vinni di fari un malo pinsero: forsi che dello scannatoio ne aviva bisogno nei prossimi jorni?

Come se gli avissi liggiuto nel pinsero, lei disse:

«E non posso lavare i pavimenti che sono sporchi».

«Posso provare io a riparare il guasto».

«Non osavo chiedertelo. Ora ti spiego come arrivare qua».

Si l'aviva scigliuto bono il posto!

Era in aperta campagna, il commissario ci misi tri quarti d'ura ad arrivarici.

Dalla trazzera si partiva un longo viali all'inizio del quali c'era un cancello di ferro che non doviva essiri stato chiuso da anni e che portava a 'na granni villa sitticintisca, completamenti isolata e tinuta bono.

Firriò con la machina darrè alla villa.

Angelica l'aspittava 'n cima alla scaletta che portava alla sò càmmara.

«Sono qua!».

E gli sorridì. Fu come se il soli, che stava tramontanno, ci avissi ripinsato e sinni fussi tornato alto nel celo.

Montalbano accomenzò ad acchianari, lei scinnì 'na poco di gradini. S'abbrazzaro e si vasaro a mità scala. Po' il commissario disse:

«Approfittiamo che c'è ancora un po' di luce».

Lei gli voltò le spalli e principiò a fari il rimanenti delle scali.

Po' trasì nella càmmara. Montalbano non s'addunò di un gradino.

Cadì malamenti, sintenno un gran duluri all'osso pizziddro mancino e trattinenno a stento 'na serie di santioni.

Angelica s'apprecipitò ad aiutarlo.

«Ti sei fatto male?».

«Un po' al...».

Come si diciva in taliàno osso pizziddro? Ah, sì.

«... al malleolo».

«Te la senti di camminare?».

«Sì, non perdiamo tempo, fra un po' arriva il buio».

Ci misi picca a individuari la cassetta che dalla villa portava la luci nella càmmara. Pigliò 'na seggia, ci acchianò, livò la copertura della cassetta.

Un filo aviva fatto cortocircuito.

«Vai nella villa e stacca la luce».

Lei raprì 'na porta e scomparse.

Montalbano sinni approfittò per taliare la càmmara.

Era spartana, doveva sirviri sulo a uno scopo. Quello. E la constatazioni lo misi di un malumori nìvuro.

Tornò Angelica.

«Fatto».

«Dammi del nastro isolante».

Ci misi dù minuti a fari la riparazioni.

«Ridai la luce».

Ristò addritta supra alla seggia in attesa del risultato.

Tutto 'nzemmula la lampatina al centro della càmmara s'addrumò.

«Bravissimo!» fici Angelica tornanno.

E po':

«Perché non scendi?».

«Dovresti aiutarmi».

Lei gli s'avvicinò, e lui, appuiannosi con le dù mano alle sò spalli, scinnì quatelosamenti.

Aviva un mali cani.

«Stenditi sul letto» disse Angelica. «Voglio vedere che ti sei fatto».

Lui ubbidì. Lei gli tirò su tanticchia il pantaloni mancino.

«Dio mio! Come s'è gonfiato!».

Gli livò la scarpa con una certa difficoltà e macari la quasetta.

«È una bella storta!».

Annò in bagno e tornò con un tubetto 'n mano.

«Questo, se non altro, ti attenuerà il dolore».

Lo massaggiò torno torno all'osso pizziddro spalmannogli la pomata.

«Tra una decina di minuti ti rimetto la calza».

E annò a stinnicchiarisi allato a Montalbano.

Appresso l'abbrazzò mittennogli la testa supra al petto.

Fu allura che Montalbano, in un lampo, pinsò:

che nel medesmo letto, in che giaceva,
l'ingrata Donna venutasi a porre
col suo Drudo più volte esser doveva...

E ccà non si trattava di un drudo sulo, ma di chissà quanti!

Carni accattata. Mascoli che si facivano pagari per farla godiri.

Quanti para d'occhi avivano taliato il sò corpo nudo?

Quante mani l'avivano accarizzata supra a quel letto?

E quante volte quella càmmara che pariva 'na cella aviva sintuto la voci di lei che diceva ancora... ancora...

'Na gilusia feroci l'assugliò.

La pejo gilusia, quella del passato.

Ma non potiva farici nenti, stava accomenzanno a trimari di raggia, di furori.

Non altramente or quella piuma aborre,
né con minor prestezza se ne leva...

«Vado via!» disse susennosi a mezzo.

Angelica, strammata, isò la testa.

«Che ti prende?».

«Vado via!» arripitì mittennosi la quasetta e 'nfilannosi la scarpa.

Angelica dovitti 'ntuiri qualichi cosa di quello che gli stava passanno per la testa, pirchì ristò a taliarlo senza diri cchiù 'na parola.

Montalbano scinnì la scala sirranno i denti per non lamentiarisi, trasì nella sò machina, misi 'n moto, partì.

Era furioso.

Appena arrivato a Marinella staccò la spina del telefono e si annò a corcari.

Quattro whisky doppo, ghittato supra al letto con la buttiglia a portata di mano, sintì che la raggia gli era calata di qualichi grado.

E accomenzò a ragiunari.

Per prima cosa, abbisognava providiri all'osso pizziddro, masannò all'indomani non sarebbi potuto ghiri in ufficio.

Taliò il ralogio, erano le novi e mezza.

Col cellulari chiamò a Fazio e gli spiegò la situazioni. Gli disse però che la storta se l'era pigliata acchiananno dalla pilaja nella verandina.

«Tra 'na mezzorata arrivo con Licalzi».

«E chi è?».

«Il massaggiatore del Vigàta».

Manco lo sapiva che a Vigàta c'era 'na squatra di calcio.

A malgrado del dolori che provava e del dispiaciri per la mancata cena con Angelica, gli smorcò pititto.

Si susì, caminò appuiannosi alle seggie e ai mobili e arrivò 'n cucina.

Nel frigo c'era un piattoni di 'nzalata di mari.

Se lo mangiò assittato al tavolino di cucina, senza manco conzarlo.

Aviva appena finuto che sonaro alla porta. Annò a rapriri.

«Le presento il signor Licalzi» disse Fazio.

Era un omoni di un metro e novanta, con certe mano che facivano spavento. Aviva 'na valigetta nìvura, come a quelle dei dottori.

Montalbano si rimisi supra al letto e quello accomenzò ad armiggiari col pedi e con la gamma.

«Non è 'na cosa seria» disse Licalzi.

E quanno mai, nella sò vita, c'era stata 'na cosa seria?, pinsò amaramenti.

E se per caso c'era stata, il riddicolo dell'ultime ventiquattro uri l'aviva scancillata completamenti.

Licalzi finì di fasciarigli il pedi stritto stritto.

«Sarebbe meglio se lei domattina non uscisse di casa e se ne restasse a riposo».

Passari 'na matina sulo con se stisso e con i sò pinseri, ora come ora, non era propio cosa.

«Impossibile! Ho molto lavoro in ufficio!».

Fazio lo taliò e non dissi nenti.

«Ma guidare non è...».

«Passo a prenderlo io alle nove» fici Fazio.

«Un bastone sarebbe utile».

«Glielo porto io» 'ntirvinni ancora Fazio.

«E mi raccomando: si alzi dal letto il minimo indispensabile» fici ancora Licalzi.

Montalbano circò con l'occhi a Fazio. Quello con la testa gli fici 'nzinga di no. Non era il caso di pagari il massaggiatori.

«La ringrazio veramenti tanto» disse Montalbano pruiennogli la mano.

E fici per susirisi per accompagnarli.

«Non si alzi, conosciamo la strada» ordinò Licalzi.

«Bonanotti, dottori».

«Grazii macari a tia, Fazio».

«Di nenti, dottore».

E ora viniva il difficili.

A malgrado di quello che aviva appena finuto di raccumannarigli Licalzi, si susì, agguantò buttiglia, bicchieri, sicaretti e accendino e annò ad assittarisi nella verandina.

Prima considerazioni fondamentali, basilari per lo sviluppo del ragionamento successivo:

Tu, caro Salvo, sei un emerito cretino mentri Angelica Cosulich è 'na pirsona sincera e liali.

Che forsi gli aviva mai ammucciato lo scannatoio?

E macari il pirchì le serviva?

Non era stata una delle prime cose di cui gli aviva parlato con estrema schittizza?

E lui 'nveci che avissi voluto?

Che la picciotta fusse 'na verginella simili alla rosa, per dirla ancora con Ariosto?

E che a cogliere quella rosa, *ancor non tocca inante,* fusse lui per primo?

Dieci

Ma si era completamenti rimbecillito?

Opuro si trattava di uno dei primi signali di stolitaggini dovuti alle vicchiaglie?

No, dintra alla càmmara di lei non era stato pigliato da una gran botta di gilusia o di raggia, come aviva criduto, ma da 'na gran botta di rincoglionimento senili.

E Angelica doviva essirisi sintuta profonnamenti offisa e ammaraggiata dal sò comportamento.

Con lui aviva sempri jocato a carti scoperti e chisto era il ripago?

Nella nuttata passata in machina con lui, mentri che si vasavano, si stringivano, s'accarizzavano, mai una volta che lei gli avissi ditto ti amo opuro ti voglio beni.

Era stata onesta macari in quei momenti.

E lui l'aviva trattata come l'aviva trattata.

Perfino il signor Zeta, nello scriviri la littra anonima a Ragonese...

Un momento!

Fermati ccà, Montalbà!

Quanno Bonetti-Alderighi gli aviva fatto leggiri la littra, lui aviva notato qualichi cosa di strammo che sul momento non gli era sonato, ma stava troppo pigliato dalla parti che doveva recitari per circari d'accapiri di che si trattava.

Che c'era scrivuto in quel foglio?

'Mproviso, gli tornò tutto a menti.

Il signor Zeta, che l'accusava d'omissioni, per parti sò, di omissioni, sicuramenti volontarie, ne aviva fatte dù.

La prima era che parlava sulo ed esclusivamenti della villa del cugino di Angelica e non aviva accennato minimamenti alla càmmara spiciali che lei aviva nella villa.

La secunna era che aviva completamenti sorvolato sull'uso che Angelica faciva di quella càmmara.

Anzi, aviva scrivuto che Angelica era annata lì a passari 'na jornata di vacanza. O qualichi cosa di simili.

E diri che i latri, quanno ci erano trasuti, si erano benissimo addunati che la picciotta era corcata con un omo!

E allura: pirchì aviva omesso 'sti dù non secondari particolari?

Voliva fari un danno a lui solamenti sarbanno comunqui l'onorabilità d'Angelica?

E pirchì?

Che rapporti potiva aviri il signor Zeta con la picciotta?

Era 'na cosa che sulo Angelica potiva spiegargli.

Ma questo significava doverla rividiri.

E lui non ne aviva nisciuna 'ntinzioni.

Pirchì la riddicola scena fatta nello scannatoio almeno un lato positivo l'aviva avuto.

Gli aviva fatto accapiri che la storia con Angelica non potiva continuari.

Assolutamenti.

Era stata, cchiù che un'infatuazioni, 'na vintata di pazzia.

Si sintì un groppo alla gola.

Lo scioglì col decimo bicchieri di whisky.

Po' appuiò le vrazza supra al tavolino, la testa supra alle vrazza, e s'addrummiscì squasi di colpo, completamenti 'ntronato di alcol e di pena per se stisso.

Verso le cinque del matino si strascinò fino al letto.

«Dottori, lo voli il cafè?».

«Sì, Adelì».

Raprì un occhio, cinco minuti appresso arriniscì a rapriri macari l'altro. Aviva tanticchia di malo di testa.

La prima tazza di cafè lo rinnovò.

«Portaminni un'altra tazza».

La secunna tazza l'allustrò.

Il telefono sonò.

Pinsava che la spina stava ancora staccata, forsi era stata la cammarera a rimittirla a posto.

«Adelì, vacci tu. Dicci che non mi pozzo susiri dal letto».

La sentì parlari ma non accapì con chi. Appresso Adelina trasì nella càmmara.

«La sò zita era. La chiama sul ciallulari».

Che 'nfatti sonò la marcetta.

«Ma ieri notte dove sei stato? Non sai quante volte ho chiamato!».

«Facevo un appostamento».

«Potevi avvertirmi!».

«Scusami, ma sono andato dall'ufficio direttamente sul posto. Non sono passato da Marinella».

«E perché non ti puoi alzare?».

«Ho preso una storta. Sai, di notte, col buio...».

E bravo Montalbano! Ricercatori indefesso della verità in pubblico, sullenni farfanti nella vita privata.

Fazio arrivò alle novi.

«Tranquillità assoluta nel villino degli Sciortino».

«Vediamo quello che succedi stanotti».

Al momento di dovirisi mittiri le scarpi, la mancina non ci fu verso che gli trasisse.

«Si metta 'na scarpa e 'na pantofola» suggerì Fazio che l'aviva invano aiutato.

Montalbano si scoraggiò.

«Mi sento riddicolo a viniri in ufficio con una pantofola».

«Allura sinni ristassi ccà, tanto non è che c'è da fari. Io ripasso nel doppopranzo con Licalzi».

«Aspetta un momento. Assettati. Ti devo diri 'na cosa. Aieri, quanno il questori mi chiamò...».

Gli contò quello che c'era scrivuto nella littra anonima.

«Non ti pari strammo?».

«Certo».

«Non pensi che sia giusto 'nterrogari 'n proposito alla signorina Cosulich?».

«Sarebbi l'unica persona che può darici 'na spiegazioni» disse Fazio.

135

«Allura chiamala e 'nterrogala».

Fazio lo taliò 'mparpagliato.

«Mi pari 'na cosa chiuttosto sdillicata. Pirchì non lo fa vossia dumani, dato che ci havi cchiù cunfidenza?».

«Prima di tutto pirchì pirdemo troppo tempo. E po' chi te lo disse che io con lei ci haio cchiù confidenza di tia?».

Fazio non s'azzardò a rapriri vucca.

«Tu la chiami stamatina stissa» continuò il commissario «e la convochi per quanno nesci dalla banca, che sarebbi verso le sei. Po' veni ccà e m'arrifirisci».

Sinni ristò tutta la matinata corcato a leggiri un romanzo.

Si sentiva convalescenti non del pedi ma del cori.

All'una Adelina gli sirvì il mangiari a letto.

Pasta 'ncasciata ('na sdillizia capaci di fari cangiari pinsero a uno in punto di suicidarisi).

Seppie tagliate ad anello e fritte croccanti.

Frutta.

Quanno Adelina sinni annò, doppo avirigli lassato il mangiari per la sira, si fici pirsuaso che mai avrebbe potuto digiriri stannosinni corcato.

Allura si vistì, si misi 'na scarpa e 'na pantofola, tanto la pilaja era diserta, pigliò il vastuni che gli aviva portato Fazio e si fici 'na longa passiata a ripa di mari.

Fazio s'apprisintò alle setti e mezza.

«Licalzi viene subito».

Montalbano sinni stracatafuttiva di Licalzi. Era un'altra la cosa che gli 'ntirissava.

«Parlasti con la Cosulich?».

«Sissi. Era chiuttosto prioccupata per vossia».

Si sbagliava o c'era un'ùmmira appena di sorrised-dro supra alle labbra di Fazio?

O era pirchì aviva il carboni vagnato e ogni cosa gli pariva arrivolta contro di lui?

«Pirchì era prioccupata?».

«Pirchì l'aviva chiamata il direttori della filiali e le aviva arrifirito quello che aviva ditto Ragonese 'n ti-levisioni. Voliva spiegazioni. Lei, fino a quel momen-to, non ne aviva saputo nenti. Ha fatto finta di cadi-ri dalle nuvoli e ha confermato che il furto era avvinu-to nella sò casa di Vigàta. Però era prioccupata per le conseguenzie che la cosa potiva aviri per vossia».

Montalbano prifirì non continuari supra a 'st'argo-mento che era alquanto periglioso.

«Le hai ditto di quello che non ci tornava nella lit-tra anonima?».

«Sissi».

«E lei?».

«Non sinni seppi spiegari la ragioni. Anzi, arrussicò e accennò al fatto che eppure i latri l'avivano viduta corcata 'n compagnia...».

Macari questo non era un argomento piacevoli.

«'N conclusioni?».

«'N conclusioni, è ristata col dubbio come a noi».

S'addivirtivano a fari pirtusi nell'acqua?

Sonaro alla porta. Era Licalzi.

«È rimasto tutto il giorno a letto?».

«Come no?».

137

«Infatti è quasi guarito».

Si vidi che la longa passiata gli aviva fatto beni.

«Ora le faccio un massaggio, le spalmo un po' di crema, le metto nuovamente la fascia e vedrà che domattina potrà andare tranquillamente in ufficio».

Lo disse con un tono accussì allegro che pariva che annare in ufficio era meglio che annare ad abballari.

Licalzi che gli massaggiava l'osso pizziddro e dintorni gli fici tornari a menti Angelica che gli faciva lo stisso mentri che sinni stava stinnicchiato supra al letto.

E fu proprio allura che 'na speci di flash come a quello delle machine fotografiche gli illuminò il ciriveddro.

Quanno Licalzi finì, Montalbano lo ringraziò novamenti e siccome macari Fazio accennava a ghirisinni, lo firmò.

«Tu resta ancora cinque minuti, per favore».

Fazio accompagnò a Licalzi e tornò.

«Mi dicisse».

«Dovresti riparlare subito con la Cosulich».

Fazio fici 'na smorfia.

«E pirchì?».

«Ammostrale l'elenco fatto dai Peritore e po' spiale se qualichiduno di l'òmini che sunno nell'elenco le ha fatto 'na corti 'nsistenti e se lei gli ha ditto di no».

Fazio fici 'na facci picca persuasa.

«È sulo un'ipotesi che mi vinni ora. Metti che uno dell'elenco ha avuto un rifiuto dalla Cosulich, ora ce l'ha in pugno, la può ricattare. Se non vieni a letto con me, dico pubblicamente che cosa ci vai veramenti a fari nella villa di tuo cugino».

«Dottore, ma vossia è, mi perdonasse, amminchiato che il signor Zeta è uno dell'elenco».

«Ma pirchì lo vuoi escludiri a priori? È un tentativo che va fatto! Che ci perdiamo?».

«Vabbeni, ma pirchì non lo fa vossia 'sto tintativo? Vossia, con le fìmmine, ci sapi fari, mentri io...».

Montalbano prifirì tagliare.

«No, fallo tu. Grazii di tutto e bonanotti. Ah, se ci sunno novità dagli Sciortino, tilefonami».

Aviva appena finuto di conzari la tavola nella verandina per mangiarisi la 'nzalata di riso priparata da Adelina, un piatto bastevoli almeno per tri pirsone, che il tilefono si fici sintiri.

Non aviva gana di parlari con nisciuno, ma po' arriflittì che a chiamarlo potiva essiri Livia che gli tilefonava per aviri notizie del pedi e annò ad arrispunniri.

Quanno allungò il vrazzo per pigliare la cornetta, il telefono ammutolì.

Se era Livia, avrebbi richiamato dato che lo sapiva immobilizzato 'n casa.

Tornò nella verandina, s'assittò, e si stava portanno la prima cucchiarata alla vucca quanno il tilefono lo chiamò novamenti.

Si susì santianno.

«Pronto!».

«Non riattaccare, per favore».

Era Angelica.

Il cori gli accelerò, certo, ma non quanto si era immaginato.

Bon signo di convaliscenza.

«Non riattacco. Dimmi».

«Tre cose, ma veloci. La prima di tutte è che volevo sapere come ti va il piede».

«Molto meglio, grazie. Domani potrò tornare in ufficio».

«Hai avuto grosse noie per... il favore che mi hai fatto?».

«M'ha chiamato il questore al quale Ragonese aveva inviato la lettera anonima da lui ricevuta. Sono riuscito a convincerlo che nel rapporto avevo scritto il vero. Non credo che per me ci saranno conseguenze».

«Per me forse sì».

«In che senso?».

«Nel senso che il direttore di qua si è sentito in dovere di scrivere alla Direzione generale».

«E perché?».

«Perché dice che è rimasto molto disturbato dall'ipotesi fatta dal giornalista televisivo e cioè che io possa averti mentito. Dice che non è una buona pubblicità per la banca e che, comunque vadano le cose, la mia credibilità come dipendente ne rimane menomata».

Certo che aviva 'na vuci... 'Ncantava, come il canto delle sirene. Ti cullava, ti...

Arriniscì a scotirisi dall'incanto.

«In parole povere che significa?».

«Che forse mi trasferiranno».

«Mi dispiace».

Era sincero.

«Anche a me. Un'ultima cosa e ti lascio. Fazio mi ha chiesto se qualcuno dell'elenco dei Peritore mi ha fatto una corte insistente e ha avuto un rifiuto. Sì, certo, parecchi uomini di quell'elenco me l'hanno fatta, anche fastidiosa certe volte, ma non credo che tra loro ci sia qualcuno capace di un ricatto».

«Era solo una mia ipotesi».

«Io ne ho fatta un'altra».

«E cioè?».

«Indubbiamente chi ha scritto la lettera anonima conosce, diciamo così, le mie... abitudini. Ma non le ha messe in piazza, mi avrebbe rovinato. Allora perché l'ha fatto? Ora metti conto che si tratta di una persona che io conosco, che so, un cliente della banca, che vuole così fare una sorta di captatio benevolentiae nei miei confronti...».

«Non ho capito. Per avere un prestito?».

Angelica si misi a ridiri.

Oddio, quella risata!

Il cori di Montalbano, che fino a quel momento si stava comportanno come 'na locomotiva a vapori, si trasformò di colpo in una elettromotrice dell'alta velocità.

«Per avere in prestito me» spicificò Angelica quanno la finì di ridiri.

Non era un'idea tanto sbagliata.

Ma era troppo ginerica, abbisognava che Angelica dicissi qualichi cosa di cchiù, macari facenno il nomi di qualichi pirsona che più dell'altri ci aviva provato con lei.

«Che stai facendo?» spiò Angelica.

«Stavo cenando».

«Io no».

Tanto per parlari, spiò:

«Dove sei?».

«Qui».

«Qui dove?».

«A Marinella».

Strammò. Pirchì s'attrovava a Marinella?

«E che ci fai?».

«Aspetto che tu mi apra».

Gli parse di non aviri accapito bono.

«Che hai detto?».

«Aspetto che tu mi apra».

Barcollò, dovetti appuiarisi a 'na seggia, come se avissi arricivuto 'na gran botta 'n testa.

Posò la cornetta supra al tavolino, annò verso la porta, taliò dallo spioncino.

Angelica era lì. Tiniva il cellulari all'oricchio.

Montalbano, con lintizza, raprì la porta.

E sapiva, mentri che lo faciva, che non stava sulo raprenno la porta di casa, ma macari quella della sò pirsonali dannazioni, del sò 'nferno privato.

«Vuoi cenare con me?».

«Sì. Finalmente ci riesco».

La fici assittare allato a lui, in modo che potissi taliare il mari.

«Com'è bello qui!».

Spartì a mità la 'nzalata.

E non raprero vucca fino alla fini della mangiata.

Montalbano però aviva 'na curiosità.

«Scusami, ma… come mai non hai pensato che io forse non avrei potuto…».

«Aprirmi la porta?».

«Sì».

«Perché in casa c'era un'altra persona con te?».

«Sì».

«Ma la tua fidanzata non è ripartita l'altro giorno?».

A Montalbano la vucca gli si raprì automaticamenti.

Po' la chiuì e parlò, ma s'addunò d'essiri addivintato momintaniamenti balbuzienti.

«Ma… ma… che… che ne sai tu de… della…».

«Io so tutto di te. Quanti anni hai, le tue abitudini, come la pensi su certe cose… Appena te ne sei andato da casa mia, dopo il furto, mi sono attaccata al telefono e ho avuto le informazioni che mi occorrevano».

«Allora quando ti ho invitata da Enzo, sapevi che vado sempre lì a mangiare?».

«Certo. E sapevo anche che non ti piace parlare mentre mangi».

«E hai finto di…».

«Sì, ho finto di».

«Ma perché?».

«Perché mi sei piaciuto subito» disse Angelica.

Meglio cangiare discurso.

«Senti, vorrei approfittare dell'occasione…».

Lei sorridì maliziosa.

«No, nel tuo letto, no».

«Riesci a stare seria un momento?».

«Mi viene difficile perché sono contenta. Ci provo».

«Tu poco fa mi hai detto che la lettera anonima potrebbe essere una sorta di captatio benevolentiae».

«Non si dice così?».

«Si dice così. E anch'io l'avevo pensato. Ma potresti farmi qualche nome?».

«Di chi?».

«Di qualcuno che, fuori dalla cerchia dei Peritore, ti abbia...».

Lei isò le spalli.

«Non c'è che l'imbarazzo della scelta».

«E io ti chiedo di superare l'imbarazzo e scegliere».

«Beh, è una bella responsabilità».

«Ma quale responsabilità!».

«Ennò! Io ti faccio a cuor leggero un nome e quel povero disgraziato viene a trovarsi invischiato in una...».

«Non ti sto domandando di farmi un nome a cuor leggero».

Lei si misi a taliare il mari senza dire cchiù nenti.

Undici

«Ce l'hai un po' di whisky?» spiò tutto 'nzemmula.

«Certo».

Montalbano si susì, annò a pigliari la bottiglia e dù bicchieri, tornò nella verandina, versò dù dita a lei e quattro a se stisso.

«Par condicio» protistò Angelica.

Montalbano aggiungì altre dù dita nel bicchieri di lei.

«Vuoi del ghiaccio?».

«Lo preferisco liscio. Come te».

Si vippi il primo vuccuni.

«Non è facile. Ci devo pensare bene».

«D'accordo».

«Facciamo così. Domani sera vieni a cena a casa mia e ti faccio i nomi».

«Va bene».

Si finì di viviri il whisky e si susì.

«Io vado. E grazie. Di tutto».

Il commissario l'accompagnò alla porta.

Un attimo prima di nesciri, Angelica posò per un momento le sò labbra supra a quelle di lui.

Assittato nella verandina, Montalbano non sapiva se essiri sdilluso o contento della sirata.

Dal momento che le aviva rapruto la porta, aviva spirato e nello stisso tempo timuto.

Perciò, concludì, meglio d'accussì non potiva annare.

Alli tri e mezza del matino gli parse di sintiri sonari il tilefono.

Si susì 'ntordonuto, sbattì contro 'na seggia, arriniscì allo scuro a sollivari la cornetta.

«Pronto?».

«Fazio sono, dottore».

«Che fu?».

«Un conflitto a foco coi latri che erano annati dagli Sciortino. Vegno a pigliarla? Tanto devo passari per forza davanti alla sò casa».

«Vabbeni».

Tempo deci minuti era pronto. La scarpa gli era trasuta perfettamenti. Manco zoppichiava.

Fazio arrivò cinco minuti doppo. Si diriggero verso Punta Bianca.

«Feriti?».

«C'era di guardia Loschiavo, gli hanno sparato ma non l'hanno pigliato. Altro non saccio».

Il villino degli Sciortino era illuminato a jorno. La signora Sciortino offriva cafè a tutti.

La coppia romana, che si chiamava De Rossi, era chiuttosto agitata e al posto del cafè la signora Sciortino gli priparò 'na camomilla.

Montalbano e Fazio chiamarono sparte a Loschiavo e se lo portaro a ripa di mari.

«Dicci com'è andata» spiò Montalbano.

«Dottore, io ero sopra alla collinetta nella macchina di servizio. Tutto a un tratto ho visto arrivare dalla spiaggia un'auto a fari spenti. Ho guardato l'orologio, erano le tre meno cinque, sono uscito dall'auto e, senza farmi notare, ho cominciato a scendere giù. Ci si vedeva poco e sono caduto due volte. Poi mi sono nascosto dietro un grosso masso».

«Quanti erano?».

«In tre, credo avessero i passamontagna, ma c'era molto buio, come le ho detto. A un certo punto non li ho più visti. La casa, tra me e loro, m'impediva di vedere quello che stavano facendo. Mi sono mosso e sono arrivato dietro il villino. Ho girato l'angolo e mi sono sporto a guardare. Stavano armeggiando davanti alla porta d'ingresso. Allora ho estratto la pistola, ho fatto un salto uscendo allo scoperto e ho gridato: "Fermi, polizia!". Ho visto un lampo e sentito un botto. Ho risposto al fuoco sparando tre colpi e mi sono messo al riparo. Ma loro hanno continuato a sparare ininterrottamente impedendomi di mettere la testa fuori. Poi ho sentito la loro macchina allontanarsi a grande velocità».

«Grazie, sei stato molto preciso».

E poi a Fazio:

«Ma dove sono andati gli Sciortino e gli altri?».

«Vado a vedere» disse Fazio. «Li vuole interrogare?».

«No, ma non ho capito perché all'improvviso, e contemporaneamente, sono tutti rientrati nel villino».

«Sei stato bravo» disse Montalbano a Loschiavo mentri Fazio s'allontanava. «Quando hai tirato nel gruppo pensi d'averne pigliato a qualcuno?».

«Subito dopo sono andato a guardare. Per terra non c'è nessuna traccia di sangue».

Tornò Fazio.

«Hanno deciso di ripartiri per Vigàta. Dice che ccà si scantano a stari».

«Ma i latri è sicuro che non tornano» fici il commissario. «Comunque, sai che ti dico? Annamo a farinni qualichi orata di sonno. Anche tu puoi andare, Loschiavo».

«Ah dottori dottori! Mali assà si fici al pedi? C'è pricolo che devi portari sempri il vastoni?» spiò prioccupato Catarella.

«Ma no! Sto benissimo! Il bastone ce l'ho per restituirlo a Fazio».

«Maria! Comu sugnu cuntento!».

«Fazio c'è?».

«Tilefonò che arritarda 'na dicina di minuti».

Trasì nel sò ufficio.

C'era mancato da appena un jorno, eppure ebbi la 'mpressioni d'essiri ammancato minimo da un misi.

Supra alla sò scrivania, oltri a 'na cinquantina di pratiche da firmari, ci stavano sei littre personali per lui.

La sò mano scattò a pigliarinni una.

La stissa busta dell'altra volta, la stissa grafia, sulo

che questa non era stata 'mpostata, ma recapitata da qualichiduno.

Sollivò la cornetta.

«Catarella, vieni da me».

«All'ordini, dottori».

Ma come faciva ad arrivari in un fiat? Si disintegrava nello sgabuzzino del tilefono e si ricomponiva dintra al sò ufficio?

«Chi la portò 'sta littra?».

«Un picciliddro, dottori. Cinco minuti prima che vossia arrivava».

Sistema classico.

«Disse cosa?».

«Disse che la mannava uno che vossia sapi».

Già. Lo sapiva pirfettamenti chi l'aviva mannata. Il signor Zeta.

«Grazie, puoi andare».

S'addecisi a rapriri la busta.

Caro Montalbano,

Lei, cosa della quale non dubitavo, si è dimostrato molto intelligente.

Ma è stato anche aiutato dalla fortuna o da qualche altro fattore che ancora non sono riuscito a individuare.

Comunque la presente per confermarle che il quarto ed ultimo furto ci sarà. Entro la fine di questa settimana.

E riuscirà perfettamente.

Se non ci è arrivato da sé, le rivelo che il tentato furto di stanotte aveva uno scopo.

Quello di capire se lei aveva capito.

E poiché ha apprestato una buona difesa, sarò costret-
to a cambiare tattica.
Comunque, segno un punto a suo favore.
Molto cordialmente.

«Che ne pensi?».

Fazio posò la littra anonima supra alla scrivania. Aviva 'n'espressioni tanticchia schifata.

«Penso che il signor Zeta voli sostiniri d'aviri organizzato il furto sulo per scopriri se vossia aviva accapito le sò mosse. È un prisuntuso, lei vitti giusto».

«Però la secunna frasi non l'arrinescio a capiri» fici Montalbano. «Che veni a diri che, secunno lui, siamo stati aiutati da un fattore che non è arrinisciuto a identificari?».

«Boh».

«Ma c'è qualichi altra cosa che non mi quatra».

«Nella littra?».

«No, nel comportamento del signor Zeta».

«E sarebbi?».

«Non m'è chiaro, forsi m'addiventa chiaro parlannone con tia».

«E vossia parlasse».

«Arriguarda il tintato furto di stanotte dagli Sciortino. Lojacono, Peritore, Cosulich e Sciortino sunno tutti amici, fanno parti dello stesso giro di canuscenze, sunno compresi nel famoso elenco. E questo non me lo puoi negari».

«E io 'nfatti non glielo nego. Ci voglio arricordari sulamenti che gli Sciortino non hanno avvirtuto l'amici che sinni annavano a passari qualichi jorno a Punta Bianca».

«E ccà ti voglio! E se per caso Sciortino o sò mogliere hanno parlato all'amici della mè tilefonata? Quella nella quali spiavo se avivano ditto che annavano a Punta Bianca?».

«Non afferro la...».

«Lassami finiri! Appena il signor Zeta veni a sapiri della nostra tilefonata, organizza il furto!».

«Ma che è? 'Mbicilli? Avrebbe dovuto accapiri proprio dalla nostra tilefonata che il villino era sorvegliato!».

«E 'nfatti!».

«Dottore, se non si spiega...».

«È un'occasioni magnifica per lui! Accussì addimostra di non appartiniri al gruppo dell'amici dei Peritore. Fingi di non sapiri che il villino è sorvegliato! Si tratta di un altro depistaggio, cerca di capiri! Pirchì, se io ci casco, devo di conseguenza circari la menti della banda fora da quel mallitto elenco!».

«Dottore, quanno vossia si metti 'na cosa 'n testa... Zara zabara, mi veni sempri a sostiniri che il signor Zeta è uno dell'elenco! Sapi che faccio? Chiamo a Sciortino e mi fazzo diri se ha contato a qualichiduno dei sò amici della nostra tilefonata».

«E fai uno sbaglio! 'Nveci dobbiamo lassargli cridiri che è arrinisciuto a 'ngannarici!».

«Come voli vossia».

Po' Fazio disse:

«A 'na cosa pinsai».

«Dilla».

«Io ora come ora ho setti òmini e dù machine a disposizioni. L'appartamenti che restano da arrubbare, consideranno i nomi dell'elenco, sunno quattordici. Però s'attrovano tutti relativamente vicini. Forsi ce la fazzo a farli sorvigliari tutti fino a sabato notti».

«Con dù machine?».

«Dù machine e cinco bicicletti, come le guardie notturne».

«E vabbeni, provaci».

Montalbano fici 'na pausa. Ora gli attoccava affrontari un argomento disagevoli.

«Ti devo diri un'altra cosa».

«Ccà sugno».

«Aieri a sira mi chiamò la Cosulich».

Gli dispiaciva contari farfantarie a Fazio, ma manco se la sintiva di dirigli la virità.

«Che voliva?».

«Mi disse che aviva ripensato a quanto ti aveva detto. E ha fatto un'ipotesi. E cioè che il signor Zeta non ha rivelato che lei si servì della villa come scannatoio pirchì la voli ricattari 'n futuro».

Fazio ci pinsò supra.

«Non è un'ipotesi da scartari. Però, accettannola, vossia cadi in contraddizioni».

«Lo so quello che intendi diri. Dato che la Cosulich ha scartato i nomi maschili dell'elenco, di necessità il signor Zeta non fa parti dell'amici dei Peritore. Ma, al punto in cui ci troviamo, non posso tralasciari nenti».

«Supra a questo sugno d'accordo con vossia. La Cosulich havi dei sospetti?».

«Mi ha detto che stasira mi farà qualichi nomi. M'ha 'nvitato a cena nella sò casa».

Fazio fici 'na facci espressiva come 'na lampatina furminata.

«Che c'è?».

«C'è che non è prudenti, dottore. Mi scusasse se ce lo dico».

«E pirchì?».

«Dottore, già quello strunzo di giornalista ha lassato accapiri 'n tilevisioni che vossia sta forsi coprenno la picciotta. Ora si figurasse se qualichiduno lo vidi trasiri di sira nella casa della Cosulich!».

«Vero è. Non ci avivo pinsato».

«E manco se la può portari un'altra volta in un ristoranti».

«E allura?».

«La fa viniri ccà 'n commissariato».

«E se non voli?».

«Se non voli è meglio ca veni da vossia a Marinella, a sira tardo, quanno è difficili che la vidino».

Ma Fazio stava sorridenno con l'occhi?

Si stava addivirtenno, il cornuto?

«La fazzo viniri ccà» disse risoluto Montalbano.

«È la meglio» fici Fazio susennosi.

Aviva la mano supra al telefono diretto per chiamari ad Angelica ma si bloccò.

Avrebbi arrisposto il centralino. E lui avrebbe dovuto diri che era il commissario Montalbano.

Ma 'na tilefonata della polizia non potiva compromittiri chiossà la posizioni d'Angelica nella banca che era già sdilicata?

Allura come fari per mittirisi 'n contatto con lei?

Ebbi un'idea.

Chiamò a Catarella.

«All'ordini, dottori».

«Catarè, tu lo sai se qualichiduno ccà dintra è clienti della Banca siculo americana?».

«Sissi, dottori. L'agenti Ronsisvalle Arturo. 'Na vota ci l'accompagnai in quanto che un assigno...».

«Digli di viniri da me».

Aspittannolo, pigliò un foglio e ci scrisse:

La prego di chiamarmi in ufficio appena può. Grazie. Montalbano.

Accussì, se per caso lo vidivano i colleghi d'Angelica, non avivano nenti da ridìri. 'Nfilò il foglio dintra a 'na busta non intistata.

«Mi dica, dottore».

«Senti, Ronsisvalle, tu conosci la signorina Cosulich?».

«Certamente. Sono cliente della...».

«Lo so. Devi andare in banca e farle avere, senza che nessuno se ne accorga, questa lettera».

«Piglierò la scusa di domandarle l'estratto conto».

«Grazie».

'Na mezzorata appresso arricivì la chiamata d'Angelica.

«Che succede?».

«Puoi parlare?».

«Sì».

«Ho pensato che non è prudente che io venga a cena a casa tua. Potrebbero vedermi».

«E chi se ne frega».

«Non c'è da fregarsene, rifletti. Tra l'altro, i Peritore abitano nella tua stessa via. Se qualcuno lo viene a sapere, le voci che tra noi due c'è stato un accordo piglierebbero più consistenza e sarebbe assai difficile smentirle».

Lei sospirò. Doppo tanticchia disse:

«Forse hai ragione. Ma allora come si fa?».

«Potresti venire in commissariato».

«No».

Risposta 'mmidiata e decisa.

«Perché?».

«Per la stessa ragione per la quale tu non vieni a casa mia».

«Che c'entra? Io posso averti convocata per sapere altri particolari sul furto».

«No. Sento, a pelle, che sarebbe un errore».

«Potresti venire da me a Marinella».

«Accolgo con entusiasmo l'invito. Però, scusami, non è lo stesso se qualcuno mi vede venire da te?».

«Prima di tutto la mia casa è isolata e non ci sono altri inquilini. E poi se vieni verso le dieci di sera, o un po' più tardi, ti assicuro che non incontrerai nessuno».

«A questo punto, avrei da farti una proposta alternativa» fici Angelica.

«Quale?».

E lei gliela disse.

Ma di 'sta proposta alternativa non era cosa di parlarinni a Fazio.

Pigliò l'elenco e per l'ennesima volta si misi a leggirlo.

1) P.I. Camera Leone e moglie.

Che significava la sigla P. I.? Forsi perito 'ndustriali?

2) Dott. Sciortino Giovanni e moglie.

E questa era la coppia del tintato furto.

3) Dott. Filippone Gerlando e moglie.

Da sapirni chiossà.

4) Avv. Lojacono Emilio e moglie.

L'avvocato era quello che aviva patuto il primo furto mentri s'attrovava con l'amanti Ersilia Vaccaro.

5) Ing. De Martino Giancarlo.

Era quello cunnannato per favoreggiamento di banda armata.

6) Rag. Schirò Matteo.

Scapolo? Da sapirni chiossà.

7) Rag. Schiavo Mariano e moglie.

Da sapirni chiossà.

8) Rag. Tavella Mario e consorte.

Era quello cummigliato dai debiti di joco.

9) Dott. Pirrera Antonino e moglie.

Da sapirni chiossà.

10) Avv. Pintacuda Stefano e moglie.

Aviva 'na casa di villeggiatura. Da sapirni chiossà.

11) Dott. Schisa Ettore.

Scapolo? Da sapirni chiossà.

12) Geom. Martorana Antonio e moglie.

La mogliere del giometra sarebbi l'amanti dell'ingigneri De Martino. Da sapirni chiossà.

13) Geom. Maniace Giorgio.

Fazio gli aviva ditto che era vidovo. E aviva sulo 'sto merito? E che faciva nella vita? Aviva 'na casa di villeggiatura. E po'? Da sapirni chiossà.

14) Dott.ssa Cosulich Angelica.

E a chista l'accanosciva fin troppo beni.

15) Costa Francesco.

Doviva essiri il cchiù 'gnoranti di tutti, dato che non aviva titoli di studdio. Da sapirni chiossà.

16) Cannavò Agata.

La vidova. La strucciolera. Quella che cridiva di sapiri tutto di tutti.

17) Dott.ssa Vaccaro Ersilia (e consorte).

Lei era l'amanti dell'avvocato Lojacono e vabbeni. Ma pirchì l'indicazioni del marito stava tra parentisi?

18) Avv. Di Mare Gaspare e moglie.

Da sapirni chiossà.

'N conclusioni, checché ne pinsava Fazio, quell'elenco era stato pigliato troppo suttagamma. Assà erano le pirsone di cui non accanosciva nenti.

Squasi certamenti Angelica avrebbi saputo dirigli qualichi cosa di loro.

Ripiegò l'elenco e se lo misi 'n sacchetta.

Dodici

Si fici l'ura d'annare a mangiari.

Niscì dal sò ufficio e, passanno davanti a Catarella, notò che era accussì 'mpignato al computer che manco si addunò di lui.

«Che stai facenno?».

Catarella per picca non cadì dalla seggia. Satò addritta, russo 'n facci come un gallinaccio.

«Siccome che non c'è trafico tilifonico, stavo passanno tempo jocanno».

«Col computer?».

«Sissi, dottori».

«E che joco è?».

«È un joco che per jocarlo abbisogna jocarlo 'n coppia».

«Ma tu però non sei 'n coppia con un altro».

«Vero è, ma il computèl non l'accapisce che sugno sulo».

E macari chisto era vero.

«Dimmi in che cosa consisti».

«Dottori, è preciso 'ntifico il contrario di quel joco che s'acchiama futticumpagno».

«Spiegati meglio».

«Dottori, la consistenza di quisto joco consisti nel fari cchiù danno che si può fari alla coppia virsaria, sarebbe a diri quella annimica, evitanno che il propio cumpagno sia mittuto 'n piricolo gravi».

«E tu come t'attrovi?».

«In chisto momento io sugno 'n pericolo gravi, ma il mè compagno, ca sugno sempri io stisso, sta vinenno a darimi 'na mano».

«Aguri».

«Grazii, dottori».

«Senti, Enzo».

«Mi dicisse».

«Stasira, verso le setti, quella picciotta che l'altro jorno mangiò ccà con mia, te l'arricordi?...».

«E come fazzo a scordarimilla?».

«... porterà un pacchettino per me. Passo a ritirarlo verso le otto».

«Vabbeni. Che ci porto?».

«Tutto».

Non lo voliva confissari a se stisso, ma era contento.

Cchiù tardo, assittato supra allo scoglio chiatto, l'umori gli cangiò.

Era come un coccodrillo che lacrima per effetto della digestioni.

Amaramenti si disse che procidiva a rilento, arrancanno darrè all'indagine che aviva tra le mano.

Stava facenno tutto secunno logica.

Ma gli ammancava l'illuminazioni 'mprovisa, l'intuizioni fulminea che satava oltre la logica e che in altri momenti l'aviva portato dritto filato alla soluzioni.

Erano le vicchiaglie?

Gli pariva d'aviri il ciriveddro arruggiuto come 'na machina tinuta troppo a longo in disuso.

Opuro era l'ingombranti, continua prisenza d'Angelica nella sò testa che gli 'mpidiva lo scatto in avanti?

Si sintiva spaccato a mità.

Mezzo Montalbano gli diciva di fari in modo di non vidirla cchiù.

E l'altro mezzo 'nveci non pinsava ad altro che al momento in cui l'avrebbi avuta vicina.

«Come minni nescio?» spiò a un grancio che arrancava pejo di lui per acchianare supra allo scoglio.

Non ricivitti risposta.

«La chiamò alla signorina Cosulich?» spiò Fazio trasenno.

«Sì, non voli viniri 'n commissariato».

«E allura che fa?».

«Dice che mi tilefona stasira a Marinella».

Matre santa, in quali 'ntrico di farfantarie era obbligato a cataminarisi!

«Dottore, 'na pinsata fici».

«Dicimilla».

«Dato che stasira parla con la Cosulich, pirchì non le spia qualichi 'nformazioni, ma di tipo gossip, come si dici ora, supra ai sò amici?».

«Quelli dell'elenco Peritore?».

«Sissi».

«Ti stai convirtenno alla mè idea?».

«Seguo quello che disse vossia, di non tralasciari nenti».

«Allura, talè».

Cavò fora dalla sacchetta l'elenco e l'ammostrò all'altro.

«Ci avivo già pinsato. Ci sunno quattro nomi che m'interessano in modo particolari».

«Sarebbiro?».

«Schirò, Schisa, Maniace e Costa».

«E pirchì?».

«Pirchì sunno o scapoli o vedovi».

Fazio pigliò 'n'ariata strammata.

«'Na mogliere» spiegò il commissario «per uno che si metti a fari il capo di 'na banda di latri, rappresenta un problema».

«Ma potrebbi essiri complici».

«Giusto. Però, se 'ntanto arriniscemo a sapiri qualichi cosa di cchiù supra a 'sti quattro, avemo fatto un passo avanti».

«Se vossia voli, ci pozzo riprovari macari io».

«Certo che lo voglio!».

Era contento che Fazio non gli faciva cchiù resistenzia sull'elenco.

Verso le otto passò da Enzo e ritirò il pacchettino.

Po' arrivò a Marinella, posò il pacchettino supra alla tavola, annò a rapriri il frigorifero per vidiri che cosa gli aviva priparato Adelina.

Sartù di riso, frittura di nunnato e un piatto di gamberetti di primo pilo da mangiari conditi con sali, oglio e limoni.

Conzò la tavola nella verandina e si misi a mangiari con lintizza, alternanno un vuccuni a 'na tirata d'aria di mari.

Finì che erano le deci e mezza.

Sbarazzò e tilefonò a Livia.

«Ti ho chiamata perché sto uscendo. Penso che tornerò tardi».

«Il solito appostamento?».

Non gli piacì il tono col quali Livia gli fici quella dimanna.

«Io starò in piedi tutta la notte e tu fai dell'ironia?».

«Scusami, non stavo facendo dell'ironia, non ne avevo la minima intenzione».

Allora era lui che avenno il morto nella stiva equivocava supra a ogni cosa?

Si sintì 'na speci di vermi, non sulo contava farfantarie a Livia, ma le attribuiva 'ntinzioni che quella non aviva.

Non si stava piacenno per nenti, il signor commissario Montalbano.

Finita la tilefonata, raprì il pacchettino.

Dintra c'erano un chiavino e 'na chiavi.

Se li misi 'n sacchetta, 'ndossò la giacchetta e niscì di casa.

Arrivato al quartieri di lusso che, alla luci di 'no spicchio di luna, assimigliava cchiù a un incubo da mangiata eccessiva che a 'na zona residenziali, 'mboccò via

Costantino Nigra che era la parallela che corriva darrè ai palazzi di via Cavour.

Appena fu all'altizza del flabbicato a forma di cono gilato, firmò e parcheggiò.

Prima di scinniri però aspittò cinco minuti.

Po', visto e considirato che non passava anima viva e che tutte le finestri erano allo scuro, niscì di cursa dalla machina, la chiuì, travirsò la strata e s'attrovò davanti al portoni di servizio.

Lo raprì con tri giri di chiavino, trasì, po' 'nsirrò novamenti a chiavi il portoni.

S'attrovò in una speci di cammaroni illuminato da luci al neon, tutto 'ngombro di bicicletti e motorini.

A mano manca si partiva 'na scala che acchianava ai piani superiori, propio di fronti aviva 'na porta d'ascensori. La raprì, trasì, primitti il bottoni dell'urtimo piano. Era lento, cchiù un montacarichi che un ascensori.

E mentri ascinniva verso il sò paradiso terrestri, il solito serpenti, che s'attrova sempri nei paraggi, gli sibilò all'oricchio:

«Certo non sei il sulo ad accanosciri 'sta strata sigreta! Va a sapiri quanti l'hanno praticata!».

Ma il serpenti non arriniscì nell'intento. Non faciva altro che rivelarigli cose che potiva 'mmaginari da sulo, conoscenno l'abitudini d'Angelica.

L'ascensori si firmò, era arrivato. Raprì, niscì.

Aviva il sciato grosso e ansimanti come se si fusse fatto a pedi i sei piani.

Prima di sonari il campanello, addecisi di carmarisi tanticchia.

Quanno il respiro gli tornò normali, allungò il dito per appuiarlo supra al pulsanti.

E in quel priciso momento l'altro mezzo Montalbano gli disse:

«Stai facenno 'na minchiata sullenne!».

Non seppi come, ma s'attrovò daccapo dintra all'ascensori, addeciso a rinunziari al paradiso.

E fu allura che sintì la voci d'Angelica:

«Ma che fai chiuso dentro all'ascensore?».

Raprì, oramà il sò distino era signato.

«M'era caduto l'accendino».

Gli sorridì. E lui, completamenti alluciato da quel sorriso, si fici pigliari per mano e portari dintra.

L'appartamento astronavi era in un ordine pirfetto, pariva che i latri non c'erano mai trasuti.

«Ma che ti hanno rubato?» gli scappò di dimannari.

«Non hai visto la lista?».

«No».

«Beh, un capitale in gioielli e pellicce».

«Dove li tenevi?».

«I gioielli? Dentro una piccola cassaforte che è nel mio studio, nascosta dietro un quadro. Sai, tutti i miei soldi li spendo in gioielli. Tanti ne ho anche ereditati da mia madre, è stata lei a trasmettermi la passione. Le pellicce invece erano nell'armadio».

«Ma non potevi tenere tutto nella tua banca?».

«Sì, ma non sarebbe stato il caso. Avrei aumentato le dicerie sul mio conto. Ma sei venuto qua per farmi un interrogatorio?».

«No. Sono venuto per sapere...».

«Vieni, andiamo in terrazza».

«E se ci vedono?».

«Non possono vederci. Fidati».

La seguì.

La terrazza era enormi, come aviva 'mmaginato. Ma quello che l'impressionò fu la gran quantità di piante, di sciuri, di rose.

Ecco non lungi un bel cespuglio vede
di spin fioriti e di vermiglie rose...

Oddio! Arricomenzava con l'Ariosto!

Ma non ci potiva fari nenti, troppo combaciava l'Angelica che aviva allato con quella della sò memoria di picciotteddro.

Pariva d'essiri dintra al jardino dell'Eden. Il profumo dei gersomini sturdiva.

Angelica addrumò sulo 'na lampatina che mannava 'na luci splapita.

«Dove vuoi che ci mettiamo?».

C'erano dù sule possibilità.

'Na speci di littino da spiaggia vascio vascio, bastevolmenti largo per continiri dù pirsone, e un dondolo a tri posti.

Sia il littino che il dondolo avivano vicino un tavolinetto con bottiglia di whisky, bicchieri e posacinniri.

«Mettiamoci sul dondolo» fici, prudentementi, Montalbano.

Era commodo, tutto arricoperto di cuscini. Vicinissimo al muro esterno, non era visibili dai palazzi vicini.

«Whisky?».

«Sì».

Angelica gli inchì mezzo bicchieri e glielo pruì. Mezzo bicchieri lo pigliò per sé. Po' annò ad astutare la lampatina.

«Attira le zanzare».

S'assittò allato a Montalbano.

«Le piante le curi tu?».

«Anche se lo volessi, non ne avrei il tempo. Viene un giardiniere alle sei del mattino, due volte la settimana. Costa un po', ma io amo troppo i miei fiori, le mie rose».

Calò silenzio.

A picca a picca la vista di Montalbano s'abituò allo scuro.

Vidiva il profilo d'Angelica, che pariva addisignato da un mastro d'opira fina, e i sò longhi capilli che liggermenti si cataminavano dondolannosi squasi smossi a tratti da un vinticeddro tenniro come 'na carizza.

Quant'era beddra!

Tutto il sò essiri l'addisidirava, ma 'na parti del ciriveddro ancora gli faciva resistenza.

Ora i dù corpi, a causa del dondolìo, erano vinuti a contatto.

Ma nisciuno dei dù accinnava a scostarisi.

Anzi. Senza darlo a vidiri, s'incoddravano chiossà l'uno con l'altro.

Montalbano godiva del calori di lei contro il sò scianco.

Po' Angelica fici un movimento verso di lui e lui avvertì la ducizza di 'na minna che s'appuiava al sò vrazzo.

Avrebbi voluto starisinni accussì tutta la notti 'ntera.

Chi celo che c'era!

Le stiddre parivano essiri addivintate vascie vascie e un puntino luminoso, forsi un palloni sonda, navicava a rilento verso orienti.

Matre santa, quell'aduri di gersomino!

Faciva firriari la testa!

E il movimento avanti e narrè del dondolo che lo cullava, l'affatava, gli faciva allintari muscoli e nervi…

Mittennoci il carrico da unnici, Angelica principiò a cantarillari a mezza vucca un motivo che assimigliava a 'na ninna nanna…

Chiuì l'occhi.

Tutto 'nzemmula sintì le labbra d'Angelica posarisi supra alle sò, con forza, con passioni.

Gli fagliò la volontà di reagiri.

Taliò il ralogio. Erano le quattro e mezza. Scinnì dal letto.

«Già te ne vai?».

«Tra poco arriva l'alba».

Per rivistirisi sinni annò 'n bagno, s'affruntava a essiri viduto da lei.

Quanno fu pronto, Angelica, 'n vistaglia, gli s'aggrappò al collo, lo vasò.

«Ci rivediamo domani?».

«Telefoniamoci».

Lei l'accompagnò sino all'ascensori, lo vasò ancora.

Arrivò a Marinella ch'erano le cinco. S'assittò supra alla verandina.

Era annato da Angelica per sapiri i nomi dei sò corteggiatori cchiù accaniti, ma non aviva saputo nenti.

No, doviva essiri onesto con se stisso.

C'era annato soprattutto con la sigreta spiranza che capitasse quello che era capitato.

Però tutto sommato 'na cosa 'mportanti l'aviva accapita.

Che l'Angelica che aviva fatto l'amuri con lui era 'na fìmmina come le altre, macari se di certo assà cchiù beddra delle altre.

Che s'aspittava?

'Na cosa a livello poema cavallerisco?

Son et lumière?

Musica di violini in sottofunno come al ginematò?

E 'nveci era stata 'na cosa squasi banali, nenti di straordinario, 'na mezza sdillusioni.

Tutto sommato, si era trattato di 'na speci di baratto di corpi.

Lei addisidirava il sò, lui quello di lei.

Avivano arrisolto il probbema e bonanotti.

Cchiù amici di prima.

Poi che fu all'esser primo ritornato
Orlando più che mai saggio e virile;
d'amor si trovò insieme liberato
sì che colei, che sì bella e gentile
gli parve dianzi, e che avea tanto amato,
non stima più, se non per cosa vile.

Nello spogliarisi per annare a corcarisi s'addunò che non aviva restituito le chiavi ad Angelica.

Le posò supra alla tavola.

Ma seppi che non l'avrebbi mai cchiù adopirate.

Spirava di dormiri un tri orate, ma non ci fu verso di pigliari sonno.

Pirchì appena aviva calato le palpibri, aviva accomenzato a 'nzunzuniarlo 'na speci di disagio la cui origini era certo quello che era capitato con Angelica.

Aviva voglia a ripitirisi che oramà quella fìmmina era nisciuta definitivamenti dal sò cori, il fatto innegabili era che nel sò cori c'era stata e come!

E i fatti pisano, non si scancellano facili, non sunno paroli che il vento se li porta via...

Come era potuto accadiri? Non aviva manco l'alibi della luntananza di Livia. Fino al jorno avanti Livia era stata con lui, ma appena aviva voltato le spalli, lui non aviva perso tempo a farisi pigliari dalla smania per un'altra fìmmina.

Per anni e anni nella sò vita non c'era stata che Livia. Po' arrivato a 'na certa età, non aviva saputo cchiù ristari 'ndiffirenti davanti alle occasioni. Voglia di gioventù? Scanto delle vicchiaglie? Se l'era ditte tutte, era inutili mittirisi a ripitiri la litania, ma sintiva che non erano ragioni bastevoli.

Forsi se ne avissi parlato con qualichiduno... Ma con chi?

Po', attraverso le neglie del dormiveglia nel quali era sprufonnato verso le setti e mezza, sintì il sonari 'nsistenti del tilefono.

169

Scinnì dal letto, caminò ad occhi chiusi sino all'apparecchio, pigliò la cornetta.

«Pronto?» fici con una voci d'oltritomba.

«Sono Angelica. Ti ho svegliato?».

Non provò nisciuna emozioni a sintiri la sò vuci.

«No».

«Dai, ma se sei rauco come...».

«Stavo facendo i gargarismi».

«Senti, hai per caso detto a Fazio che ci saremmo visti?».

«No, gli ho detto che avresti telefonato».

«Sono generosa. Ti risparmio una cattiva figura. Hai carta e penna sottomano?».

«Sì».

«Allora scrivi. Michele Pennino, via De Gasperi 38. Quarantenne. Scapolo. È un cliente della banca, ricchissimo, non so che faccia. Ha perso letteralmente la testa per me. Quando ha capito che il mio no era veramente un no, ha chiuso i conti con la banca ed è andato a dire al direttore che l'aveva fatto perché io l'avevo sempre trattato male. Hai scritto?».

«Sì, vai avanti».

«L'altro si chiama Eugenio Parisi, via del Gambero 21, è sposato, due figli, cinquantenne. L'ho conosciuto a una festa. Non ti dico, mazzi di rose tutte le mattine, dolci, persino una collana che gli ho restituito. Si è vendicato mandando una lettera anonima al mio fidanzato del quale aveva scoperto, non so come, l'indirizzo. La lettera diceva che praticamente ero una troia».

«Ma come fai a essere certa che è stato lui a...».

«Da alcuni dettagli che sarebbe troppo lungo spiegarti».

Un pinsero travirsò la testa del commissario.

«Ce l'hai ancora quella lettera?».

«No, figurati. E questo è tutto. Senti, stasera vieni a...».

Montalbano chiuì l'occhi e si tuffò.

«Ah, ti volevo dire che puoi passare nel pomeriggio a ritirare la scatoletta con le chiavi».

Finì di parlari e sinni pintì subito.

Ma si fici forza, muzzicannosi la lingua.

Lei sinni stetti tanticchia 'n silenzio e po' disse:

«Ho capito, ciao».

«Ciao».

Posò la cornetta e fici 'na vociata pricisa 'ntifica a quella di Tarzan nella jungla.

S'era libbirato.

Tredici

Non fici a tempo a trasiri novamenti nella càmmara di letto che il tilefono sonò arrè.

«Pronto?».

«Buongiorno».

Era Livia.

«Ho chiamato prima, ma il tuo telefono era occupato. Con chi parlavi?».

'N'idea coraggiosa gli passò per la testa.

Pirchì non contare tutto a lei?

Certo, Livia 'n principio sinni sarebbe risintuta, ma po', passata la raggia, capace che avrebbi saputo aiutarlo...

Era l'unica al munno che l'accapiva come manco lui arrinisciva ad accapirisi.

Si sintiva tutto sudatizzo.

«Beh, che t'è preso? Con chi parlavi?».

Inspirò profunnamenti.

«Con una donna».

Ecco, ce l'aviva fatta.

«E che voleva?».

«Mi puoi aspettare un momento?».

«Certo».

Corrì 'n cucina, si vippi un bicchieri d'acqua, s'apprecipitò 'n bagno, si lavò la facci, tornò all'apparecchio.

«Che voleva da te quella donna?».

Vai, Montalbano! Coraggio, spara!

«Siccome abbiamo passato la notte insieme...».

«In che senso?».

«Che significa in che senso? Siamo stati a letto».

Ci fu 'na pausa.

«Quindi quando mi hai detto che saresti andato a fare un appostamento m'hai raccontato una bugia?».

«Sì».

Altra tirribbili pausa.

Montalbano, a piè fermo, aspittava lo scatinarsi dello sdilluvio universali.

'Nveci sintì la risata addivirtuta di lei. Era accussì sconvolta dalla confessioni che aviva perso la ragioni?

«Livia, ti prego, non fare così! Non ridere!».

«Non ci casco, mio caro!».

Sbalordì, annichiluto. Non gli cridiva!

«Non capisco perché tu voglia farmi ingelosire, ma non ci casco. Figurati se mi vieni a dire che sei stato con una donna! Ti faresti piuttosto scuoiare che ammetterlo! Volevi farmi uno scherzo? Non t'è riuscito».

«Livia, sentimi, io...».

«Sai che ti dico? M'hai stufata!».

E riattaccò.

Montalbano ristò 'nzallanuto con la cornetta 'n mano.

Si annò a corcari novamenti, svacantato d'ogni energia.

Sinni stetti con l'occhi 'nsirrati senza pinsari a nenti.

Doppo 'na mezzorata sintì rapririsi la porta di casa.

«Adelì, tu sei?».

«Sissi, dottori».

«Fammi 'na cicarunata di cafè forti».

Arrivò 'n ufficio che erano squasi le deci.

«Mandami a Fazio» disse a Catarella.

«Subitissimo, dottori».

Fazio trasì riggenno 'na pila di carti che posò supra alla scrivania.

«Tutte da firmare. Nisciuna novità stanotti».

«Meglio accussì».

Fazio s'assittò.

«Dottore, vossia aieri mi detti quattro nomi supra ai quali abbisognava aviri cchiù 'nformazioni».

«Embè?».

«Nel picca tempo che ho avuto, ho addimannato 'n paìsi sulo di Maniace. Degli altri accomenzo a occuparmene oggi».

«Che mi dici di Maniace?».

«Pozzo pigliari il pizzino che ho in sacchetta?».

«Sì, ma a condizioni che non mi dai nisciun dato anagrafico».

Fazio soffriva di quello che Montalbano chiamava il complesso dell'anagrafe. Di ogni pirsona della quali spiava 'nformazioni, Fazio si faciva diri 'na caterva di dittagli inutili quali paternità, maternità, loco e ura di nascita, abitazioni passate, nomi ed età degli eventuali figli, parenti stritti, parenti lontani... 'Na vera fissazioni.

Fazio detti 'na taliata al pizzino, se lo rimisi 'n sacchetta e attaccò.

«Il giometra Giorgio Maniace havi quarantacinco anni ed è, come mi pari che già ci dissi, vidovo. È presidenti dell'òmini cattolici del paìsi».

«Questo non significa nenti. A parti l'extracomunitari, il cento per cento dei sdilinquenti nazionali che mannamo 'n galera sunno cattolici e vonno beni al Papa».

«D'accordo, ma questo mi pari un caso particolari. Maniace viniva da 'na famiglia ricca. E fino a trentacinco anni, con sò mogliere, che dicino che era 'na beddra picciotta, se la spassava. Po' ebbi l'incidenti».

«Che 'ncidenti?».

«Aviva 'na machina sportiva veloci. Era con sò mogliere. Stava annanno a Palermo. Nelle vicinanze di Misilmeri 'na picciliddra di cinco anni gli tagliò, currenno, la strata. L'ammazzò sul colpo. Sturduto, non accapì cchiù nenti, addivintò 'na statua. La machina continuò a corriri, niscì di strata e pricipitò in uno sdirrupo. Lui si ruppi tri costoli e il vrazzo mancino, ma sò mogliere morì doppo quattro jorni di spitali. Da allura la sò vita cangiò».

«Vinni cunnannato?».

«Sissi, ma cosa di nenti. C'erano tistimoni che dissiro che macari se marciava a vinti all'ura, la picciliddra sarebbi finuta lo stisso sutta alle rote».

«E in che senso la sò vita cangiò?».

«Vinnì squasi tutto quello che possidiva e si misi a fari opiri di beni. Si tinni sulo 'na casuzza 'n campagna e quella di ccà. È un omo viramenti divoto».

«'N conclusioni, hai pirduto tempo».

«Nonsi, dottore, non è tempo perso se accussì abbiamo potuto eliminari un nomi dei quattro».

Si taliò la punta delle scarpi e spiò:

«Le tilefonò aieri a sira la Cosulich?».

«Sì. Mi fici dù nomi».

Ora toccò a lui tirari fora dalla sacchetta un foglio e pruirlo a Fazio.

«Pennino, per vinnicarisi del rifiuto della Cosulich, ha chiuso i conti con la Banca siculo americana e ha accusato la Cosulich al direttori d'avirlo trattato malamenti».

«Io l'accanoscio a questo Pennino» disse Fazio.

«E com'è?».

«Penso che sia capace della qualunqui».

«Parisi 'nveci è uno che manna littre anonime».

Fazio appizzò l'oricchi.

«Se la Cosulich cinni potissi dari una...».

«Vuoi confrontarla con quelle che mi ha mandato il signor Zeta?».

«Essì».

«Mi dispiaci sdilluderti. La Cosulich ne aviva una ma l'ha ghittata. Senti, non ti voglio carricare di troppo travaglio. Di Pennino e di Parisi minni occupo io».

Scrisse supra a un pizzino i nomi e l'indirizzi di Pennino e di Parisi e si fici viniri a Catarella.

«Manna un fax alla questura, all'ufficio interni. Voglio sapiri se hanno fatto 'ndagini, se cinni sunno aperte o se hanno 'ntinzioni di farne supra a 'sti dù nominativi».

«'Mmidiatissimamenti, dottori».

Stetti un'orata a firmari carte, po' si massaggiò il vrazzo e sinni annò a mangiare.

«Enzo, 'sto pacchetto ridallo alla signorina che passa stasira».

Quello non s'azzardò a fari commenti.

In contemporania a quel gesto definitivo, a Montalbano smorcò 'stantanio un pititto da lupo mannaro.

Persino Enzo ristò tanticchia 'mpressionato.

«E con bona saluti, dottori».

La passiata molo molo stavolta se la fici a passo svelto, squasi di cursa, non un pedi leva e l'altro metti. E arrivato sutta al faro, la ritenni 'nsufficenti.

Per cui voltò le spalli e si rifici la strata daccapo.

Finalmenti, col sciatone, s'assittò supra allo scoglio chiatto, s'addrumò 'na sicaretta.

«Ce l'ho fatta» comunicò al grancio che sinni stava fermo in mezzo al lippo e lo taliava 'nterrogativo.

«Ah dottori! Ora ora acchiamò un dottori come a vossia della guistura di Montilusa!».

«Come dissi che si chiamava?».

«Aspittasse che me lo scrissi supra a un pizzino».

Lo pigliò, lo taliò.

«S'acchiama Pisquanelli».

«Pasquarelli, Catarè».

Era il capo dell'antidroga.

«E io che dissi?».

Meglio lassari perdiri.

«Che voliva?».

«Dissi accussì che si vossia lo va a trovari a lui, che sarebbi sempri il midesimo suddetto, al cchiù presto possibbilmenti possibbili sarebbi meglio assà per lui».

«Per lui Pasquarelli?».

«Nonsi, per lui vossia».

Non aviva nenti d'urgenti da fari. Meglio passari tempo con 'sta passiata a Montelusa che firmari carte.

«Ci vaio subito».

Si rimisi 'n machina e sinni partì.

Pasquarelli era uno che il misteri sò lo sapiva fari bono epperciò annava a genio a Montalbano.

«Perché t'interessi a Michele Pennino?» gli spiò Pasquarelli appena che lo vitti compariri.

«E a te perché interessa il mio interesse per Pennino?».

Pasquarelli arridì.

«E va beni, Salvo. Accomenzo io. T'avverto subito però che ne ho parlato col questori il quali ha riconosciuto la mè priorità».

«La tò priorità su cosa?».

«Su Pennino».

«Allura è inutili che staio ccà a perdiri tempo».

«Dai, Salvo, ci stimiamo reciprocamente e dunque non è il caso che 'nni facemo la guerra. Pirchì t'intiressa?».

«C'è la possibilità che si sia mittuto a capo di 'na banda di latri che a Vigàta hanno...».

«Ne 'ntisi parlari. Non è possibbili che sia lui».

«Pirchì?».

«Pirchì da cchiù di un misi e mezzo noi lo tinemo sutta strittissima sorviglianza».

«Droga?».

«Abbiamo la quasi cirtizza che dopo la morti di Savino Imperatore, che era il maggiori 'mportatori della provincia, il sò posto sia stato pigliato propio da lui. Te lo posso assicurari, Salvo. Garantito al limone. Pennino non è l'omo che cerchi».

«Grazie» disse il commissario.

E sinni niscì.

«Ah dottori dottori! Ah dottori!».

Era lo straianti lamento tipico di Catarella quanno chiamava il signori e guistori.

«Che voliva?».

«Lui, vali a diri il suddetto signori e guistori, disse che addisidira vidirla subitissimamenti subito d'uggentevoli uggenza senza manco un minuto d'intrattenimento!».

Ma se era appena tornato da Montelusa!

Santianno a litania, riacchianò 'n machina.

Dovitti aspittari tri quarti d'ura nell'anticàmmara prima che il questori l'arricivissi.

«Si accomodi».

Montalbano strammò.

Lo faciva assittare? E che stava succedenno? La fini del munno?

Po' si sintì tuppiari a leggio alla porta.

«Avanti» fici il questori.

179

La porta si raprì e comparse il vicequestori Ermanno Macannuco.

Àvuto squasi dù metri, superbo e scostanti, portava la testa come i parrini portano il Sacramento nelle processioni.

Era 'n forza alla questura di Montelusa da appena quattro misi ma a Montalbano erano stati cchiù che bastevoli per accapiri ch'era un cretino patintato.

Il questori lo fici assittari.

Macannuco non salutò a Montalbano e il commissario fici finta di non avirlo viduto.

«Parli lei» fici Bonetti-Alderighi.

Macannuco parlò, ma talianno sempri il questori e mai a Montalbano.

«Ho fatto notare che l'eventuale indagine del commissariato di Vigàta va fermata perché interferisce».

«Con cosa?» spiò Montalbano al questori.

Il quali non arrispunnì ma taliò a Macannuco. Che disse:

«Su un'indagine pregressa».

Allura Montalbano addecidì d'addivirtirisi. Fici la facci stremamenti 'mparpagliata.

«Che significa indagine promessa?».

«Non ha detto promessa, ha detto pregressa» chiarì il questori.

«Mi scusino, ma secondo il Rigattini Fanfani e anche secondo il Devoto Oli, pregressa si dice di una cosa già accaduta in passato. Ora se l'indagine su Parisi è stata già fatta in passato dal dottor Macannuco, non vedo come una nuova indagine fatta da me possa...».

«Montalbano, per carità, non mettiamoci a fare filologia!» si raccomannò il questori.

«Ho usato pregressa nell'accezione di precedente» spicificò, sdignoso, Macannuco.

«Ma io, in precedenza, non ho fatto nessuna indagine su Parisi!» protestò il commissario.

«La stiamo facendo noi!» sclamò Macannuco.

«Per quale motivo?».

«Pietro Parisi è sicuramente un pedofilo a capo di una rete estesa in tutta Italia».

«Ma il suo nome pregresso era Eugenio?» spiò Montalbano facenno la facci d'angileddro.

«Che cretinate dice?» spiò irritato a sua volta Macannuco al questori. «Il mio indagato si chiama Pietro».

«E il mio Eugenio».

«Non è possibile!» disse Macannuco.

«Lo giuro solennemente!» fici Montalbano, susennosi addritta e stinnenno il vrazzo destro nel giuramento di Pontida.

«Non è meglio dare una controllatina?» suggerì paternamenti il questori a Macannuco.

Questi s'infilò 'na mano 'n sacchetta, cavò un foglio, lo spiegò, lo liggì, addivintò giarno, si susì, fici un inchino al questori.

«Mi scusi, mi sono sbagliato».

E sinni niscì a passo di gallinaccio.

«Le abbiamo fatto perdere tempo» si scusò il questori.

«Per carità!» fici magnanimo Montalbano. «Vederla è sempre un piacere!».

Mentri tornava a Vigàta, arrisolvì d'annare a parlari subito con Parisi.

S'invintò 'na scusa. Gli avrebbi contato che la Cosulich l'aviva addenunziato, che avivano fatto la perizia supra alla littra anonima e che la sò grafia era arrisultata compatibili.

'Nzumma, avrebbi sparato all'urbigna spiranno d'ottiniri qualichi cosa.

S'arricordava che via del Gambero era nei paraggi del porto. Ci 'nzertò.

Il 21 era un casamento enormi col purtunaru.

«Eugenio Parisi?».

«Non c'è».

«Che significa che non c'è?».

«Significa precisamenti quello che dissi».

Ma che gli stava piglianno ai purtunari di Vigàta?

«Ma abita qua?».

«Abitari per abitari, ci abita».

Montalbano pirdì la pacienza.

«Il commissario Montalbano sono!».

«E iu il purtunaru Sciabica».

«Mi dica solo a che piano abita».

«All'urtimo, l'ottavo».

Montalbano s'avviò.

«L'ascensori guasto è» gli gridò il purtunaru.

Montalbano fici un dietrofront 'mmidiato.

«Perché m'ha detto che non c'è?».

«Pirchì s'attrova a Palermo, allo spitali. Sò mogliere si è trasfiruta macari lei».

«E da quando?».

«Da dù misi».

«Grazie».

«Prego».

Un altro bello pirtuso nell'acqua.

Stava mittenno la machina nel parcheggio del commissariato quanno vitti nesciri a razzo a Catarella addiretto verso di lui.

Tiniva le vrazza in alto e l'agitava 'n signo di granni notizia.

«Ah dottori dottori dottori!».

Questo viniva a significari 'na cosa cchiù grossa di 'na telefonata del questori.

«Che fu?».

«Un frutto ci fu!».

«Unni?».

«Nella strata che s'acchiama Mazzini, al nummaro 41».

Lo stisso quarteri dei Peritore e della Cosulich!

«Chi telefonò?».

«Uno che dissi di chiamarisi Pirretta».

Pirrera Antonino! Il nummaro novi dell'elenco!

«Quanno tilefonò?».

«Verso le cinco e mezza».

«Fazio unn'è?».

«È già in loco».

Fazio stava davanti al portoni del 41 di via Mazzini e parlava con uno. C'era macari il camioncino della Scientifica.

L'architetto ccà aviva flabbicato 'na villetta bifamiliari, sulo che lo stili era quello delle baite delle alpi bavarisi.

Tetto spioventi per evitari l'accumulo della nevi che mai, a memoria d'omo, era caduta a Vigàta.

«Come hanno fatto?» spiò Montalbano a Fazio.

«Il signore è il purtunaru dello stabile accanto».

Il purtunaru stinnì la mano.

«Ugo Foscolo» disse prisentannosi.

«Scusi, lei è per caso nato a Zante?» spiò Montalbano.

«Dica al commissario quello che è successo» fici Fazio.

Quattordici

«Verso le quattro di oggi doppopranzo, si firmò un camioncino davanti al mè palazzo e quello che guidava mi chiamò. Mi dissi che dovivano orientari meglio la parabola del tilevisori dei signori Pirrera che c'è supra al tetto del 41».

«Mi dica esattamente quello che volevano da lei».

«Siccome sapivano che io ho le chiavi del 41...».

«Perché le tiene lei?».

«La casa è a un piano, no? A quello tirreno ci abitano i signori Tallarita, marito e mogliere, che nescino alli setti del matino e tornano alle cinque e mezza del doppopranzo. I signori Pirrera, che abitano al primo piano, nescino all'otto, tornano per mangiari, nescino novamenti, po' la mogliere torna verso le cinque e mezza, il marito 'nveci doppo le otto di sira. Perciò lassano a mia la chiavi del portoni 'n caso di nicissità».

«Che volevano?».

«Che io gli raprissi il portoni e la porticina della scala che va supra al tetto».

«E lei l'ha fatto?».

«Sissi».

«Ha aspettato che finissero il lavoro?».

«Nonsi, minni sono tornato nella mè guardiola».

«E poi?».

«Doppo un tri quarti d'ura sunno ripassati, m'hanno ringraziato e m'hanno ditto che avivano finuto. Io sono annato a richiuiri».

«Quanti erano?».

«Tri».

«Li ha visti in faccia?».

«A dù sì, a uno no».

«Perché?».

«Aviva la coppola e una sciarpa che lo cummigliava fino al naso. Era raffriddato, tussiculiava».

«Grazie, può andare».

«Ora dimmi il seguito» disse Montalbano a Fazio.

«Dottore, i tri sunno acchianati supra al tetto, hanno sfunnato l'abbaino, sunno pinitrati nell'appartamento dei Pirrera e hanno puntato dritti sparati alla casciaforti. L'hanno rapruta e ti saluto. Per questo ho chiamato la Scientifica».

«Hai fatto bene. Che fa il signor Pirrera?».

«Havi 'na gioielleria. Ci abbada con sò mogliere. Dispirato è».

«E dall'appartamento non hanno arrubbato altro?».

«Pari di no».

«È vinuto macari Arquà con i sò òmini?».

«Sissi».

Arquà era il capo della Scientifica e lui non lo sopportava. Lo stisso capitava ad Arquà.

«Senti, io minni vaio a Marinella. Po' tu mi telefoni e mi conti tutto».

«D'accordo».

«Ah, ti volevo diri che ho avute tutte le 'nformazioni su Pennino e Parisi. Pennino è sutta controllo dell'antidroga. Parisi è da dù misi in uno spitali di Palermo».

«Perciò la Cosulich si sbagliò?».

«Accussì pare. Ah, senti, puoi ritirari la sorveglianza notturna alle case. Oramà avemo perso la partita».

Voltò le spalli, fici tri passi, tornò narrè.

«Domani a matino fai viniri il purtunaru 'n commissariato. A dù li ha veduti 'n facci. Fatigli vidiri lo schedario. Non ci spero che n'arriconosce a qualichiduno, ma comunque è 'na cosa da fari».

A Marinella si spogliò e si misi sutta alla doccia per ottiniri un effetto carmante. L'annare avanti e narrè a Montelusa, il furto e il senso della partita persa l'avivano annirbusuto.

Ci l'aviva fatta il signor Zeta!

Aviva cangiato completamenti sistema e ci aviva 'nzertato!

Era stato di parola, abbisognava arriconoscerlo.

E gli aviva fatto fari la figura di 'na testa di minchia.

Non ebbi manco gana d'annare a vidiri quello che gli aviva priparato Adelina per cena.

Sinni stetti nella verandina sintennosi 'mpotenti e arraggiato nello stisso tempo.

Oramà era chiaro. Abbisognava taliari la virità 'n facci. Era ghiunta l'età della pensioni.

La tilefonata di Fazio arrivò 'na mezzorata appresso.

«Dottore, sta vinenno 'n commissariato il dottor Pirrera per la denunzia. Ma ci volivo diri che la Scientifica, forsi, ha fatto 'na scoperta che pò essiri 'mportanti».

«Cioè?».

«Hanno attrovato 'na chiavi supra al tetto, 'na chiavi d'automobili. Secunno loro, se l'è persa uno dei latri, escludono che s'attrovasse lì da prima».

«C'erano 'mpronte?».

«Nonsi. E manco cinni erano supra alla casciaforti. E po' ci voliva rapportari 'na voci che sintii».

«Dimmilla».

«Per la verità non fu 'na sula voci, ma 'na speci di coro. Pirrera è uno strozzino».

«Bono a sapirisi. Chi ce l'ha la chiavi?».

«Io».

«Arrivo».

«E che veni a fari?».

«Po' te lo dico».

Quella chiavi era per lui come 'na zattera per un naufrago.

«Sinni annò il signor Pirrera?».

«Ora ora».

«Vi siete sbrigati presto».

«Vinni con l'elenco fatto. Un gioielleri lo sapi quello che teni nella sò casciaforti».

«Bene. Ce l'hai i numeri di tilefono di tutti quelli dell'elenco?».

«Sissi».

«Quanti òmini hai al momento in commissariato?».

«Cinco».

«Trattienili. Ora tilefona a tutti. Fatti aiutari da Catarella e da qualichi altro».

«Che devo diri?».

«Che tra un'ura li voglio ccà, in commissariato, con tutte le machine di loro posesso».

«Dottore, ma tra un'ura sunno le unnici di sira!».

«Embè?».

«Macari qualichiduno sinn'è ghiuto a corcari...».

«Se si sunno corcati, si susino».

«E se qualichiduno s'arrefuta?».

«Gli dici che hai l'ordini di portarlo ccà in manette».

«Dottore, ci stassi attento a quello che fa».

«Pirchì?».

«Questa è genti ricca, havi amicizie bone, possono protestari in alto loco, portargli danno...».

«Minni staio stracatafuttenno».

All'improviso, era tornato a essiri il Montalbano d'una volta.

«Si procedi in questo modo. Via via che arrivano, i signori lassano nel posteggio le loro machine aperte con le chiavi 'nfilate e sinni trasino in sala d'aspetto. Non voglio che vidino quello che facemo noi nel posteggio. Chiaro?».

«Chiarissimo».

«E ora forza, non pirditi tempo».

Stetti chiossà di un'orata alla finestra a fumarisi 'na sicaretta appresso all'altra.

Po' trasì Fazio.

«Tutti ccà sunno, fatta cizzioni dei signori Camera che non semo arrinisciuti in nisciun modo a rintracciari. Lo sapi? Avemo avuto un colpo di fortuna».

«E cioè?».

«Che deci di loro erano arreuniti per una partita di bridge. Sunno tutti di malumori e addimannano spiegazioni».

«Gliele daremo. La chiavi della Scientifica ce l'hai?».

«'N sacchetta».

«Quante sunno le machine?».

«Vintiquattro. Qualichiduno ne possedi cchiù di una».

«Accomenza il controllo».

Arrivò alla sidicesima sigaretta che aviva la gola arsa e la punta della lingua che gli abbrusciava.

Po' Fazio fici irruzioni trionfanti.

«È la chiavi della machina del ragiuneri Tavella, non ci sunno dubbi!».

«Mi ci sarei jocato i cabasisi» disse Montalbano.

Fazio lo taliò strammato.

«Lo sospittava già?».

«Sì, ma non nel senso che pensi tu».

«E ora che facemo?».

«Manna via a tutti con tanti scusi. Fatta cizzioni della Cosulich, di Tavella e di Maniace».

«E pirchì non il solo Tavella?».

«Meglio ghittari tanticchia di fumo nell'occhi. Quanno tutti sinni sunno ghiuti, torna ccà con la Cosulich. Attenzioni, metti a qualichiduno di guardia nella sala d'aspetto. Né Tavella né Maniace devono nesciri fora. Per nisciuna ragioni».

Doppo cinco minuti aviva ad Angelica prisenti accumpagnata da Fazio.

«Accomodatevi».

I dù s'assittaro nelle seggie davanti alla scrivania.

La prima cosa che Montalbano notò fu che i maravigliosi occhi cilestri d'Angelica erano come se avivano pirduto colori.

«Mi scuso per averla trattenuta, signorina. Ma è solo per dirle che abbiamo indagato a fondo sui due nomi che lei gentilmente ci ha fatto. Nessuno dei due, purtroppo, può essere l'autore della lettera anonima».

Angelica si stringì nelle spalle, 'ndiffirenti.

«La mia era solo un'ipotesi».

Montalbano si susì, lei macari. Il commissario le pruì la mano.

Quella d'Angelica era fridda.

«Arrivederla. Fazio, per favore, accompagna la signorina e poi fai entrare il signor Maniace».

«Arrivederci» disse Angelica senza taliarlo.

Con Maniace si doviva 'nvintari 'na cosa qualisisiasi.

«Buonasera» fici Maniace trasenno.

«Buonasera» arrispunnì Montalbano susennosi e pruiennogli la mano. «Si accomodi. Si tratta di pochi secondi».

«A disposizione».

«Un certo Davide Marcantonio sostiene di essere stato, dieci anni fa, suo socio in un'agenzia di pompe funebri. Ora siccome Marcantonio è imputato...».

«Un momento» l'interrompì Maniace. «Non conosco nessun Marcantonio e non ho mai avuto un'agenzia di pompe funebri».

«Davvero? Lei è nato a Pietraperzia?».

«No, a Vigàta».

«Allora si deve trattare di un caso d'omonimia. Mi scuso. Arrivederla. Fazio, accompagna il signore».

Fazio tornò sparato.

«Vaio a chiamari a Tavella?».

«No, lassalo cociri nel sò brodo. Ha visto che con la Cosulich e con Maniace 'nni semo sbrigati in un momento. E ora sta a spiarisi pirchì non lo chiamamo. Cchiù nirbùso addiventa e meglio è».

«Dottore, me lo spiega come ha fatto a pinsari subito a lui?».

«Tu m'hai ditto che Tavella, a causa del vizio del joco, è carrico di debiti. E sempri tu m'hai ditto che Pirrera fa lo strozzino. Che c'è nella cavagna?».

«Ricotta» arrispunnì Fazio.

«E questo è quello che 'nni vonno fari accridiri. E 'nveci, in questa particolari cavagna, non c'è ricotta, ma un'altra cosa».

Fazio satò supra alla seggia.

«Allura vossia pensa che...».

«... che Tavella è un capro espiatorio ideali. Ma mi posso sbagliare. Cinni sunno bar aperti a quest'ora?».

«Nelle nostri vicinanze nonsi, dottori. Ma si voli un cafè, Catarella havi la machinetta. Lo fa bono».

Doppo il cafè, Montalbano disse a Fazio d'annare a pigliare a Tavella.

Era un quarantino sicco, bonovistuto, riccioluto, con l'occhiali e con qualichi liggero tic.

«Si accomodi, signor Tavella. Mi dispiace d'averla fatta aspettare, ma dovevo prima fare alcune verifiche».

Tavella s'assittò aggiustandosi la riga dei pantaloni. Po' si toccò dù volte l'oricchio mancino.

«Non capisco perché...».

«Capirà. E abbia la cortesia di non fare osservazioni ma di rispondere solo alle mie domande. Così la finiremo prima. Dove sono le chiavi della sua macchina?».

«Il signore qui presente ci ha detto che dovevamo...».

«Ah, è vero. Fazio, valle a pigliare».

Prima di nesciri, Fazio lo taliò. Montalbano ricambiò. S'accapero a volo.

«Dove lavora, signor Tavella?».

«Al comune, all'ufficio demanio. Sono ragioniere».

«Oggi pomeriggio è andato a lavorare?».

«No».

«Perché?».

«Avevo domandato un permesso per dare una mano a mia moglie. Stasera venivano da noi gli amici per la solita partita a bridge».

«Ho capito».

Tornò Fazio con le chiavi. Erano dù, attaccate a un aneddro di metallo.

Le posò supra alla scrivania.

«Le guardi bene, ragioniere. Sono quelle della sua auto?».

«Sì».

«Ne è sicuro?».

Tavella si susì a mezzo dalla seggia per taliarle cchiù da vicino.

Si toccò dù volte l'oricchio mancino.

«Sì, sono le mie».

«Una è per accendere il motore, l'altra è per il bagagliaio. Giusto?».

«Giusto».

«Ora mi spiega come mai su questa chiave dell'accensione non ci sono le sue impronte?».

Tavella strammò. Raprì la vucca e la richiuì. Sintì il bisogno urgenti d'aggiustari la piega dei pantaloni. E di toccarisi quattro volti l'oricchio mancino.

«Non è possibile! Come avrei fatto a venire qua senza usare la chiave?».

«Perché quella che lei ha usato è un'altra. Fazio, mettila sulla scrivania».

Fazio si misi i guanti, tirò fora 'na bustina di plastica, ne cavò la chiavi, la posò supra alla scrivania allato alle altre dù.

«Questa che lei vede nel portachiavi l'ha sostituita Fazio prima di tornare qua».

«Non ci sto capendo più niente» disse Tavella toccandosi otto volte l'oricchio mancino. «E quest'altra chiave mia come mai ce l'avete voi?».

«Perché è stata trovata sul tetto dell'abitazione del signor Pirrera dove oggi è avvenuto un furto. Lei lo saprà certamente».

Tavella addivintò di colpo giarno come un morto. Po' satò addritta trimanno tutto.

«Non sono stato io! Lo giuro! Le chiavi di riserva sono a casa mia!».

«Si segga, per favore. E cerchi di calmarsi. Dove le tiene?».

«Appese vicino alla porta di casa».

Montalbano gli allungò il telefono diretto.

«Sua moglie sa guidare?».

«No».

«La chiami e le domandi se le chiavi di riserva ci sono ancora».

A Tavella gli trimavano talmenti le mano che sbagliò dù volte a fari il nummaro. Fazio 'ntervinni, mentri l'oricchio mancino del ragiuneri viniva martoriato.

«Mi dica il numero».

Tavella glielo dissi, Fazio lo fici e gli passò la cornetta.

«Pronto, Ernestina? No, non mi è successo niente, sono ancora in commissariato. Un contrattempo, una cosa da niente. Sì, sto bene, stai tranquilla. Mi devi fare un piacere. Vai a vedere se le chiavi di riserva dell'auto sono al loro posto».

Tavella aviva la fronti vagnata di sudori. L'oricchio mancino gli era addivintato russo come un pipironi.

«No, non ci sono? Hai guardato bene? Ti saluto, a più tardi».

Posò la cornetta e allargò sconsolato le vrazza.

«Non so che dire».

«Lei quindi non sa da quando sono sparite».

«Ma non ci facevo caso! Stavano lì, con le altre, quelle della cantina, quelle della soffitta...».

«Mi risponda sinceramente, ragioniere».

«E fino a questo momento che ho fatto?».

«Lei deve del denaro a Pirrera?».

Tavella non ebbi un attimo d'esitazioni.

«Sì. Non è un segreto, lo sanno tutti!».

«Anche i suoi amici?».

«Certo!».

«Quanto gli deve?».

«All'inizio erano centomila euro, ora sono diventati cinquecentomila».

«Pirrera è uno strozzino?».

«Giudichi lei. È da trent'anni che non fa altro che succhiare il sangue a mezzo paese!».

'Na grandissima, inspiegabili, o forsi troppo spiegabili, stanchizza calò tutto 'nzemmùla supra al commissario.

«Ragioniere Tavella, purtroppo sono costretto a trattenerla».

Il povirazzo si pigliò la testa tra le mano e si misi a chiangiri.

«Mi creda, non posso fare altrimenti. Lei non ha un alibi, la chiave della sua auto è stata ritrovata sul luogo del furto, ha buoni motivi per detestare Pirrera...».

La raggia per doviri seguiri regole astratte e la pena per quel povirazzo che sentiva sicuramenti 'nnuccenti, lo facivano stari mali.

«Potrà ora stesso avvertire sua moglie. E domattina chiami pure il suo avvocato. Fazio, provvedi a tutto tu».

Niscì fora di cursa, come se stari dintra alla sò càmmara gli facissi ammancarì l'aria.

Passanno davanti a Catarella lo vitti 'mpignato col computer.

«Il solito joco?».

«Sissi, dottori».

«Come t'attrovi?».

«Malamenti. Ma il mè cumpagno, ca sugno io, sta arrivanno».

Qualichi cosa, dintra di lui, s'arribillò.

Ma pirchì doviva seguiri alla littra il manuali di comportamento del pirfetto commissario?

Quanno mai l'aviva fatto?

Tornò nel sò ufficio di cursa.

Fazio aviva la mano supra alla cornetta per chiamari la mogliere del ragiuneri.

Tavella continuava a chiangiri.

«Fazio, 'na parola».

Fazio l'arraggiungì nel corridoio.

«Io a questo lo rimanno a la sò casa».

«Vabbeni, ma...».

«Scrivi un rapporto indove dici che la nostra càmmara di sicurizza non è agibili a causa di un allagamento pregresso».

«Ma se non chiovi da un misi!».

«Appunto per questo è pregresso».

Po' trasì dintra.

«Signor Tavella, la lascio in libertà, vada a casa da

sua moglie. Ma domattina alle nove torni qua col suo avvocato».

E prima che Tavella, storduto, accomenzasse a ringraziarlo, sinni niscì.

Quindici

Il pititto gli era completamenti passato.

S'assistimò al solito nella verandina.

Oramà era cchiù che chiaro che il signor Zeta era uno dell'elenco.

Di ognuno dei derubati accanosciva non sulo vita, morti e miracoli, ma macari le abitudini, le cose che facivano ogni jorno.

Va a sapiri da quanto tempo il signor Zeta s'era 'mposissato della chiavi di Tavella, 'na sira che era annato nella sò casa per jocare a bridge!

Ma pirchì il signor Zeta, che se era vero che era uno dell'elenco, era un signori insospettabili, bastevolmenti agiato, si era mittuto a capo dei latri?

In una littra anonima aviva scrivuto che della refurtiva lui non toccava nenti, la lassava tutta ai sò complici.

Ma allura pirchì lo faciva? Per divertimento? Ma via!

Di certo circava qualichi cosa d'importanti assà per lui.

E l'aviva attrovata, se i furti erano finuti.

Il signor Zeta non circava 'na cosa a caso, ma 'na cosa precisa.

E quindi sapiva macari indove 'sta cosa s'attrovava.

L'unico furto che 'ntirissava al signor Zeta era l'ultimo, quello in casa Pirrera.

Tant'è vero che aviva lassato l'indizio contro Tavella.

Che era 'na speci di sipario che calava alla fini della rappresentazioni.

Tutti i furti pricidenti erano sirvuti per pagari l'opira della banda. E macari come depistaggio.

Forsi che il signor Zeta, come Tavella, doviva del dinaro a Pirrera?

Opuro Pirrera tiniva nella casciaforti un qualichi cosa che 'ntirissava al signor Zeta?

E sempri a proposito del signor Zeta c'erano altre considerazioni da fari.

Tutte le pirsone dell'elenco s'accanoscivano da anni, si frequentavano.

Pirchì, sulo a un certo punto, il signor Zeta addecidì di mittirisi ad arrubbare nelle case dei sò amici?

Qual era stata la causa scatinanti?

Qual era stata la novità che l'aviva portato ad addivintari uno sdilinquenti?

E ancora: come aviva fatto a mittirisi 'n contatto con una banda di latri? Non è che si trovano sul libbiro mircato, non è che uno va all'ufficio di collocamento e dice:

«Scusi, avrei bisogno di tri latri esperti».

Comunqui si ripromisi che all'indomani avrebbe chiamato a Pirrera e l'avrebbi mittuto sutta torchio.

Si era appena corcato che gli tornò a menti Angelica.

C'era qualichi cosa nel sò contegno, quanno le aviva comunicato che Pennino e Parisi non ci trasivano con la littra anonima, che l'aviva colpito.

Era ristata completamenti 'ndiffirenti.

E lui 'nveci s'era aspittato un'altra reazioni.

Angelica gli era parsa come astutata, spenta.

Era come se tutta quella facenna non l'arriguardava cchiù.

Forsi che la direzioni generali della banca aviva addeciso il sò trasferimento?

Finalmenti s'addrummiscì.

Ma non dormì chiossà di 'na mezzorata pirchì s'arrisbigliò di colpo.

Gli era vinuto un pinsero acuto, fastiddioso, che gli aviva 'mpiduto di continuari a dormiri.

No, non era stato un pinsero, ma un'immagini.

Quali?

Si sprimì il ciriveddro per arricordarisilla.

Po' gli tornò a menti.

Catarella dintra al sò sgabuzzino che jocava col computer.

Che ci trasiva?

Appresso s'arricordò perfettamenti le paroli della spiegazioni che gli aviva dato:

La consistenza di quisto joco consisti nel fari cchiù danno che si può fari alla coppia virsaria, sarebbi a diri quella annimica, evitanno che il propio cumpagno sia mittuto 'n piriculo gravi.

Che viniva a significari?

Oscuramenti sintiva che quelle paroli erano 'mportanti assà.

Ma arriguardo a che cosa?

Si scervillò sino all'alba.

Po', con la prima luci del jorno, tanticchia di luci trasì macari nel sò ciriveddro.

E lui, di colpo, chiuì l'occhi, come per arrefutari quella luci.

'Na luci che gli faciva mali assà.

'Na luci che gli aviva dato, come 'na lama di cuteddro, 'na dulurusa fitta al cori.

No. Non era possibbili!

Eppure...

No, era assurdo pinsari a 'na cosa simili!

Eppure...

Si susì, non potiva cchiù stari corcato.

Diomiodiomiodiomiodiomio...

Prigava?

Si misi il costumi.

Raprì la porta-finestra della verandina.

Diomiodiomiodiomiodiomio...

Il piscatori matutino non era ancora arrivato.

L'aria era frisca, faciva arrizzari la pelli.

Scinnì nella pilaja, si ghittò in acqua.

Se gli viniva un crampo e s'annigava, tanto meglio.

Diomiodiomiodiomiodiomio...

Vagnato com'era, annò 'n cucina, si fici la solita cicarunata di cafè, se la vippi tutta.

Il sono del tilefono fu come 'na raffica di mitra.

Taliò il ralogio. Erano appena le sei e mezza.

«Dottore? Fazio sono».

«Dimmi».

«Attrovaro a uno ammazzato».

«Dove?».

«In una trazzera in contrada Bellagamba».

«E dov'è?».

«Se voli, passo a pigliarla con la machina».

«Vabbeni».

Addecisi di non diri a Fazio il pinsero 'nsostenibili che gli era vinuto. Prima aviva bisogno di riscontri certi.

«Chi ha telefonato?».

«Un viddrano che dissi un nomi che Catarella non accapì».

«Detti particolari?».

«Nisciuno. Disse che il morto s'attrova dintra a un fossato propio vicino a un grosso masso supra al quali c'è signata 'na croci nìvura».

«Catarella gli ha ditto d'aspittari?».

«Sissi».

Attrovaro facili il granni masso con la croci nìvura.

Torno torno, 'na vera sdisolazioni, non c'era 'na casa a pagarla a piso d'oro, ma sulo troffe di saggina, erbe serbatiche a perdita d'occhi, qualichi àrbolo malatizzo. L'unici esseri viventi erano cavallette granni quanto un dito e moschi che volavano accussì fitte che parivano veli nìvuri nell'aria. Non si sintiva abbaiari un cani.

E soprattutto non c'era l'omo che aviva scoperto il catafero.

Fazio firmò la machina, scinnero.

«Quello sinni è ghiuto. Ha fatto il doviri sò, ma non voli fastiddi» disse Fazio.

Il morto era dintra al fossato che corriva parallelo alla trazzera.

Stava a panza all'aria con l'occhi sgriddrati e la vucca storciuta in una speci di ghigno.

Era a torso nudo, 'na quantità enormi di pili supra al petto e alle vrazza, ma aviva pantaloni e scarpi. Nisciun tatuaggio visibili.

Montalbano e Fazio s'acculàro per taliarlo meglio.

Si trattava di un quarantino con la varba longa di qualichi jorno.

Le firite evidenti, supra alle quali s'agitavano un milioni e passa di moschi, erano dù.

La spalla mancina appariva bluastra e tumefatta.

Fazio si misi i guanti, si ghittò a panza a terra e sollivò liggermenti il catafero.

«La pallottola dev'essiri ancora dintra alla spalla. Ma la firita si è 'nfittata» disse.

L'altra firita gli aviva divastato il collo.

«E questo 'nveci è un foro d'uscita» disse il commissario. «Devono avergli sparato alla nuca».

Fazio ripitì l'operazioni.

«Vero è».

Po' passò 'na mano sutta al bacino del morto.

«Nella sacchetta posteriori non c'è il portafogli. Forsi lo tiniva nella giacchetta. Secunno mia è morto da qualichi jorno».

«Macari secunno mia».

Montalbano tirò un longo sospiro. Ora accomenzava la gran camurria del pm, della Scientifica, del medico ligali... Ma sinni voliva ghiri prima che potiva da quel posto sconsolato.

«Chiama il circolo questri, va'. Ti tegno cumpagnia fino a quanno arrivano, po' minni vaio. Stamattina veni Tavella».

«Ah, sì. E veni macari Ugo Foscolo, il purtunaru, per vidiri se arriconosci...».

Montalbano ebbi un'illuminazioni 'mprovisa.

Ma non c'era nenti che la giustificava.

«Ce l'hai il sò nummaro di telefono?».

«Di chi?».

«Di Foscolo».

«Sissi».

«Chiamalo subito, fallo viniri ccà e ammostragli il morto».

Fazio lo taliò perplesso.

«Dottore, ma come fa a pinsari che...».

«Non lo saccio, è 'na cosa che mi passò per la testa, ma non ci pirdemo nenti a provari».

Fazio fici le tilefonate che doviva fari.

Ma passò un'orata prima che arrivasse il dottor Pasquano, il medico legali.

Che si taliò torno torno.

«Simpatico 'sto posto, 'na vera alligria. Mai che

ci fanno attrovari un catafero, che saccio, in un night, in una giostra... Evidentementi sugno arrivato primo».

«Purtroppo sì» fici Montalbano.

«Buttanazza della miseria, ho passato la notti al circolo e haio un sonno che mi mangia vivo» sclamò irritato Pasquano.

«Ha perso?».

«Si faccia i cazzi suoi» replicò il dottori, al solito cortese e di signorile linguaggio.

Signo che aviva perso. E macari assà.

«E il signor pm Tommaseo quanno si degnerà d'arrivari?».

«Io l'ho chiamato per primo» 'ntirvinni Fazio «e m'ha detto che massimo tra un'oretta sarà qua».

«Se non va a sbattiri prima contro a un palo» fici sempri cchiù nirbùso Pasquano.

Era cosa cognita che il pm Tommaseo guidava come uno in preda ad allucinogeni.

«Dia intanto un'occhiata al morto» suggerì Montalbano.

«Gliela vada a dare lei, io mi vaio a ripigliari qualichi orata di sonno» fici il dottori.

E si 'nfilò dintra al carro funebri, ghittanno fora ai dù portantini.

«Si pigliassi la mè machina» disse Fazio. «Io torno con qualichiduno di loro».

«Ti saluto».

«Ah dottori! Ci devo accomuniquari che in sala d'aspittativa ci sarebbi che c'è uno in aspittanza di vossia pirsonalmenti».

«Tavella».

«Nonsi, Trivella».

«Vabbeni, fallo viniri 'nni mia».

Tavella era assà meno nirbùso del jorno avanti. L'oricchio 'nfatti se lo toccò sulo una volta. Aviva supirato la tirribbili botta dell'accusa 'mprovisa e fàvusa.

«La volevo anzitutto ringraziare per la comprensione...».

Montalbano tagliò.

«Ha chiamato l'avvocato? Gli ha parlato?».

«Sì. Ma potrà venire solo tra una mezz'oretta».

«Allora torni in sala d'aspetto e quando arriva mi fa avvertire».

Col diretto chiamò il pm Catanzaro che s'occupava di furti e rapine.

Si facivano simpatia e si davano del tu.

«Montalbano sono. Puoi stare un quarto d'ora all'apparecchio?».

«Facciamo dieci minuti».

Gli contò tutto dei furti e di Tavella.

«Fammi un rapporto scritto e intanto mandami qui subito Tavella e il suo avvocato» fici alla fini Catanzaro.

Con santa pacienza accomenzò a scriviri a mano il rapporto che po' Catarella avrebbi ricopiato.

Doppo 'na mezzorata, Catarella l'avvirtì che era arrivato l'avvocato.

«Falli viniri».

Se la sbrigò in cinque minuti e li mannò da Catanzaro.

Ci 'mpiegò 'n'altra mezzorata a finiri il rapporto che consignò a Catarella per scrivirlo al computer.

Po', chiamò al telefono a Fazio.

«A che punto siti?».

«Dottore, il pm Tommaseo è annato a sbattiri contro a 'na vacca».

Questa era 'na novità. Tommaseo aviva sbattuto contro tutto, àrboli, cassonetti, pali, pietre miliari, camion, greggi di pecore, carri armati, ma contro a 'na vacca mai.

«Vinni Foscolo?».

«Sissi, ma nun l'arriconoscì».

Pacienza, l'illuminazione nun aviva funzionato.

«'Nzumma ce n'hai per tutta la matinata?».

«Accussì pari».

«E Pasquano che fa?».

«Per fortuna dorme».

Verso l'una, che già si stava susenno per annare a mangiare, lo chiamò Tavella.

«Il dottor Catanzaro m'ha dato i domiciliari. Ma io le giuro, commissario, che...».

«Non c'è bisogno che giuri, le credo. Vedrà che tutto si risolverà per il meglio».

Niscì dall'ufficio, annò da Enzo ma si tinni leggero.

Doppo la solita passiata tornò in commissariato.

Fazio l'aspittava.

«Che ha detto Pasquano?».

«Era 'mpossibbili avvicinarlo, si figurasse a spiargli qualichi cosa. Era accussì 'nfuriato che faciva spavento».

«'N sirata gli tilefono. Ma saccio già quello che mi dirà».

«E cioè?».

«Che la prima firita, quella alla spalla, c'è stata circa quarantotto ori prima del colpo alla nuca che l'ha ammazzato».

«E chi gli ha sparato?».

«Il primo colpo? Non l'indovini?».

«Nonsi».

«Il nostro Loschiavo».

«Minchia!».

«Calma! L'ha solo ferito ed ha agito per legittima difisa. Il rapporto al questori lo scrivo io».

«E com'è annata, secunno vossia?».

«Duranti il conflitto a foco nella villetta degli Sciortino, Loschiavo ne firisci a uno. La pallottola a quello gli resta dintra alla spalla, ma i complici non sanno come curarlo e manco lo possono portari allo spitali. Doppo, la firita si infetta e i sò cumpagni, a scanso di complicazioni, addecidono d'ammazzarlo. Quanno Pasquano estrarrà la pallottola sapremo se quello che penso è giusto o no».

«Forsi è giusto» fici Fazio.

«Quindi 'st'omo è morto prima del furto 'n casa Pirrera» continuò il commissario.

«È evidenti».

«Ma i latri erano sempri tri. Ce l'ha ditto Foscolo».

«Vero è».

«E questo significa 'na sula cosa. Che il signor Zeta ha preso parti di pirsona al furto, sostituenno il morto. Doviva essiri quello con la coppola e la sciarpa che si fingiva arrifriddato».

«È probabili. Ma certo che facenno accussì si è esposto a un rischio enormi».

«Ne valiva la pena».

«In che senso?».

«Sono arrivato alla conclusioni che al signor Zeta l'unico furto che gli 'ntirissava era propio quest'ultimo. I pricidenti sunno serviti a pagari quelli della banda e macari a cunfunniri le acque. C'era di sicuro qualichi cosa dintra alla casciaforti di Pirrera, oltre ai gioielli. Ora questo qualichi cosa è in mano al signor Zeta e noi di questa banda non 'nni sintiremo cchiù parlari. Però sono convinto che a brevi ci saranno conseguenzi. M'aspetto 'na speci di joco di foco».

«Davero? Però noi ristamo senza nenti 'n mano».

«Forsi 'na strata ancora c'è».

«Me la dicissi».

«Mentri continui a circari notizie supra ai tri nomi dell'elenco che ti detti l'altro jorno, dovresti tornari a trovari, con una scusa qualisisiasi, alla vidova Cannavò, la strucciolera».

«Che voli sapiri?».

«Talè, Fazio, è un'idea cchiù 'nconsistenti di 'na filinia. Ma non la potemo trascurari. Devi circari di sapiri se qualichi novità è capitata nel gruppo dell'amici dei Peritore, un trì o quattro misi fa».

«Che tipo di novità?».

«Non te lo saccio diri. Ma tu fatti contari tutto, spremila».

«Ci vaio subito».

Passati manco 'na vintina di minuti, Fazio lo chiamò.

«La vidova è annata a trovari a sò figlio a Palermo».

«Lo sai quanno torna?».

«Il purtunaru dissi dumani matina tardo».

Tanticchia prima delle otto, sollivò la cornetta e chiamò al dottor Pasquano.

«Che mi conta, dottore?».

«Scelga lei. Cappuccetto rosso? La favola del figlio cambiato? 'Na barzilletta? La sa quella del medico e l'infirmera?».

«Dottore, per favori, è tardo e iu sugnu stancu».

«Pirchì? Iu no?».

«Dottore, io volivo sapiri...».

«Lo so quello che voliva sapiri! E io non glielo dico, vabbeni? Aspetti il referto».

«Ma pirchì è accussì scattuso?».

«Pirchì mi girano».

«Posso farle 'na sula dimanna?».

«Una sula?».

«Una. Parola d'onori».

«Ah ah! Non mi faccia ridiri! La parola d'onori la danno l'òmini. Ma lei non è un omo, è un mezzo rottame! Pirchì non si dimetti? Non ha accapito che oramà è decrepito?».

«Si sfogò?».

«Sì. E ora mi faccia 'sta minchia di dimanna e sinni vada in un ospizio per vecchi».

«A parti che lei è cchiù vecchio di mia e non potrà annare manco in un ospizio pirchì non avrà il dinaro per pagari la retta avennolo tutto perso al joco, la dimanna è questa: ha estratto la pallottola dalla spalla?».

«Ccà ti volevo! Ha il carboni vagnato, eh?».

«Pirchì?».

«Pirchì voi della polizia sparate alla genti e manco vinni addunate!».

Era quello che voliva sapiri.

«La ringrazio per la sua squisitezza, dottore. E le auguro tanta fortuna al circolo, stasera».

«Ma vada a farsi fottere!».

Sedici

Non aviva gana di tornarisinni a Marinella.

Pirchì avrebbi significato starisinni sulo.

E starisinni sulo avrebbi significato rimittirisi a pinsari a quell'idea che gli era vinuta nella nuttata.

E che lo faciva stari mali assà.

Allura, caro Montalbano, sei un vigliacco? Non hai il coraggio d'affrontari la situazioni?

Non ho mai ditto d'essiri un eroe, s'arrispunnì.

E po' a nisciuno piaci fari harakiri.

Addecisi di annare a mangiare da Enzo.

«Che fu, Adelina fici sciopero?».

«No, mi scordai nel forno quello che m'aviva priparato e s'abbrusciò».

Farfantarie, sempri. 'N qualisisiasi occasioni. Ne diciva, farfantarie, e ne arriciviva.

«Ah, dottore, ci voliva diri che la signorina non è ancora passata a ritirari il pacchetto».

E come mai? Se l'era scordato? O aviva avuto cose assà cchiù serie alle quali pinsari?

«Dammelo».

«Ce lo porto subito».

Quella richiesta non sapiva da indove gli era nisciuta, dal ciriveddro sicuramenti no.

Enzo glielo portò e lui se lo misi 'n sacchetta.

Che 'nni avrebbe fatto? Non lo sapiva.

«Cosa ordina?» spiò Enzo.

Mangiò assà e a rilento per fari passari il tempo.

Doppo sinni annò al ginematò.

«Taliasse, commissario, che l'urtima proiezioni è accomenzata da deci minuti».

«Non importa».

Forsi quei deci minuti persi all'inizio erano fondamentali pirchì della pillicula, che trattava di spionaggio, non ci accapì il resto di nenti.

Niscì che era la mezzannotti e mezza.

Si misi 'n machina e le sò mano supra al volanti addiriggero l'auto verso via Costantino Nigra.

Firmò, come l'altra volta, davanti al portoni di sirvizio del palazzo a forma di cono gilato.

Che ci faciva là?

Non lo sapiva, stava seguenno il sò istinto, la ragioni non ci trasiva nenti.

Nella strata non c'era anima criata. Scinnì, travirsò, raprì il portoni, lo richiuì.

Dintra era tutto priciso 'ntifico a come l'aviva già viduto. Trasuto nell'ascensori, primì il pulsanti del penultimo piano.

Si fici a pedi la scala circanno di fari la meno rumorata possibbili.

Appuiò l'oricchio alla porta.

214

Prima non avvirtì nenti, sulo il battito accellerato del sò cori.

Po' sintì, luntana, ad Angelica che parlava ad alta voci.

Doppo tanticchia si fici capace che non c'era nisciuno con lei, stava sulo tilefonanno.

E siccome la voci d'Angelica certe volte era cchiù vicina e altre volte cchiù luntana, accapì che lei parlava al cellulari passianno di càmmara in càmmara.

Po' la sintì vicinissima.

Angelica era alterata, squasi isterica.

«No! No! Io ti ho sempre detto tutto! Non ti ho mai nascosto niente! Che interesse avrei avuto a tacerti una cosa così importante? Mi credi o no? Allora sai che faccio? Chiudo e buonanotte!».

Doviva averlo fatto, pirchì Montalbano sintì che si era mittuta a chiangiri, dispirata.

Per un attimo, fu tintato di rapriri la porta e di pricipitarisi a confortarla.

Ma ebbi la forza di voltari le spalli e di diriggirisi verso la scala.

Arrivò a Marinella che era l'una passata.

Si spogliò, 'ndossò il costumi, scinnì nella pilaja, si misi a corriri a ripa di mari.

Un'ura e mezzo appresso cadì affacciabbocconi supra alla rina e lì ristò.

Doppo, arritrovò l'enirgia per tornarisinni narrè con lo stisso passo di cursa.

Si annò a corcari, sfinito, che erano le quattro del matino.

Era morto di stanchizza, e assolutamenti 'mpossibbilitato a ragiunari.

Aviva ottenuto il sò scopo.

«Dottori, lo voli il cafè?».

«Che ura è?».

«Squasi le novi».

«Portamillo doppio».

No! No! Io ti ho sempre detto tutto! Non ti ho mai nascosto niente! Che interesse avrei avuto a tacerti una cosa così importante?

Potiva significari tutto e potiva significari nenti.

Doppo essirisi vivuto il cafè, si annò a fari la doccia.

Po' sintì ad Adelina darrè alla porta del bagno.

«Dottori, al tilefono lo vogliono».

«Chi è?».

«Catarella».

«Digli che lo richiamo tra cinco minuti».

Si fici prescia, aviva il prisentimento che con l'ammazzatina del latro qualichi cosa era cangiata, e che la facenna avrebbi avuto conseguenzi, macari se non sapiva quali.

«Catarè, Montalbano sono».

«Ah dottori! Il signori e Pirrera si sudiciò».

«Chi ha telefonato?».

«La mogliere».

«Fazio è 'nformato?».

«Sissi, siccome che il sudicio fu nella giollereria in via De Carlis lui attrovasi in loco».

Doviva essiri via De Carolis.

«Arrivo».

Fazio l'aspittava davanti alla saracinesca abbasciata a mità.

Quattro curiosi poco distanti parlavano a voci vascia.

La notizia del suicidio non s'era ancora sparsa, i giornalisti e l'operatori delle tv locali non ne sapivano nenti.

«Si è sparato?».

'N generi i gioilleri hanno sempri un'arma a portata di mano.

E finisci che cumminano guai mittennosi a sparari contro ai rapinatori.

«Nonsi, si è 'mpiccato nel retrobottega».

«Chi l'ha scoperto?».

«Sò mogliere, mischina. Ha avuto la forza di contarmi che Pirrera stamatina è vinuto ccà dù ure prima del solito. Disse che aviva da mettiri ordini nei registri. La signora 'nveci è vinuta come sempri verso le novi meno un quarto e ha fatto la scoperta».

«È dintra?».

«La signora? Nonsi, dottore. Stava mali assà. L'ho fatta trasportari con un'ambulanza allo spitali di Montelusa».

«Ha lassato nenti di scritto?».

«Sissi, un pizzino di 'na riga: pago per quello che ho fatto. E la firma. Ci la voli dari 'na taliata?».

«No. Hai chiamato il circolo questri?».

«Sissi, dottore».

Che ci stava ancora a fari lì?

«Io minni vaio in ufficio».

Tutto assommato, potiva dirisi sodisfatto, macari se aviri avuto la conferma di quello che aviva pinsato attraverso un suicidio non era cosa di granni soddisfazioni.

Il signor Zeta aviva di sicuro attrovato nella casciaforti di Pirrera quello che circava.

Vali a diri le provi di quello che Pirrera aviva fatto.

Ma che aviva fatto Pirrera?

Opuro: ma pirchì il signor Zeta voliva quello che circava?

Sapirlo, avrebbi arrisolto tutto.

«Sicuro che è suicidio?» spiò Montalbano a Fazio quanno quello tornò 'n commissariato.

«Sicurissimo. Comunqui, la Scientifica si è portato via il pizzino per l'esami calligrafico. Ci devo diri 'na cosa. S'arricorda che avivo mittuto l'agenti Caruana appresso all'ingigneri De Martino?».

«Sì».

«Ho ditto a Caruana di non occuparsene cchiù. Oramà mi pari addimostrato che l'ingigneri coi furti non ci trase».

«Hai fatto bene. A che punto sei con gli altri nomi?».

«Dottore, ccà tra furti e morti ammazzati non è che ho avuto tanto tempo. Ma potemo eliminari un altro nomi».

«Quali?».

«Costa Francesco».

L'ignoranti, quello senza titolo di studio.

«Pirchì?».

«È squasi un nano e dunqui...».

«E che significa? Che forsi un nano non può...».

«Mi lassasse finiri. Ugo Foscolo mi ha perfettamenti discritto i tri latri e nisciuno di loro era nano».

«Vero è».

«E non può essiri manco il signor Zeta pirchì lei giustamente ha addimostrato che pigliò parti al furto».

«Hai ragioni. Allura restano dù nomi, per ora. Schirò e Schisa. Vattinni a travagliare».

'Mpiegò chiossà di un'ura a scriviri il rapporto sullo scontro a foco nel villino degli Sciortino, facenno in modo che il comportamento di Loschiavo arrisultassi ineccepibili.

Quanno l'ebbi finuto, lo portò a Catarella.

Po' sinni tornò nella sò càmmara e subito, che manco s'era assittato, vinni chiamato al tilefono.

«Ah dottori! Ci sarebbi che supra alla linia ci sta un signori che non s'accapisci comu parla!».

«E pirchì me lo vuoi passari?».

«Pirchì l'unica palora che accapii di sicuro fu il sò nomi di lei che sarebbi vossia».

«Ma ti disse come si chiama?».

«Nonsi».

Non è che aviva chiffari, epperciò tanto valiva.

«E vabbeni».

Sintì 'na vuci soffocata, stramma.

«Il commissario Montalbano?».

«Sì. Chi parla?».

Avvirtì distintamenti che l'omo pigliava un profunno respiro prima di parlari.

«Stammi beni a sintiri: alla Cosulich considerala astutata».

«Pronto? Chi...».

Dall'altra parti, la comunicazioni vinni 'ntirrotta.

Montalbano agghiazzò.

Po' il senso di friddo si stracangiò in calori che lo fici abbunnantementi sudari.

La voci di quello che aviva parlato al tilefono era chiaramenti distorta apposta.

Il messaggio non si pristava a dubbi, purtroppo.

Ma pirchì avivano 'ntinzioni d'ammazzarla?

No! No! Io ti ho sempre detto tutto! Non ti ho mai nascosto niente! Che interesse avrei avuto a tacerti una cosa così importante?

No, quelle non erano paroli rivolte a un amanti giloso.

Ma che senso aviva che si primuravano d'avvirtiri in anticipo propio a lui, un commissario di polizia, del loro proposito omicida?

Non si rinnivano conto che lui avrebbe 'mmidiato mittuto ad Angelica sutta protezioni?

Che avrebbi fatto il possibbili e l'impossibbili per evitari quell'omicidio annunziato?

Un'ipotesi che a prima vista potiva appariri demenziali accomenzò a farisi strata nel sò ciriveddro.

E se quello che aviva tilefonato voliva proprio ottiniri lo scopo 'nverso?

Mittemo che Angelica è minazzata per qualichi cosa che ha fatto.

O che non ha fatto.

Lei, se il motivo per il quali la minazzano non è rivelabili, non può certo viniri 'n commissariato a denunziari il fatto.

Allura 'ntirveni un sò amico che fa la tilefonata.

Accussì ora la polizia devi per forza protiggiri ad Angelica.

Se le cose stavano accussì come se l'immaginava, non c'era che 'na sula cosa da fari.

«Catarella, chiamami a Fazio».

Dovitti aspittari cinco minuti prima che quello arrispunnissi.

«C'è 'na novità. Puoi viniri ccà subito?».

«Potrei, ma mi stanno dicenno 'na cosa 'mportanti».

«Quanno pensi di finiri?».

«Tra un'orata».

«T'aspetto».

«Catarella!».

«All'ordini, dottori!».

«Chiama la Banca siculo americana e fatti dari la signorina Cosulich. Ma non diri che parla la polizia».

Catarella s'azzittì.

Evidentemente la proibizioni del commissario l'aviva fatto cadiri 'n confusioni.

«E chi ci dico allura che sarebbi che sta a parlari?».

«La sigriteria del viscovo di Montelusa. Appena la senti, le dici: aspetti che la metto in comunicazione con sua eccellenza e me la passi».

«Maria che bello!».

«Che è bello?».

«'Sta cosa!».

«Chi cosa?».

«Da quann'è che a vossia lo ficiro cillenza?».

«Catarè, cillenza il viscovo è!».

«Ah!» fici Catarella sdilluso.

Ebbi il tempo di ripassarisi la tabellina del sei che il tilefono sonò.

«Pronto?» spiò Angelica.

E Montalbano abbasciò la cornetta.

Era questo che voliva sapiri. Fino a quanno la picciotta s'attrovava dintra alla banca era al sicuro.

«Catarella!».

«All'ordini, dottori».

«Tilefona allo spitali di Montelusa e 'nformati se la signora Pirrera è in grado d'arriciviri visite».

«Devo sempri diri che chiama sò cillenza il pispico?».

«No, anzi devi propio diri che chiama il commissariato di Vigàta».

Trasire dintra a uno spitali da sano lo disagiava sempri.

«Chi cerca?» gli spiò 'na tipa grevia che stava darrè un banconi all'ingresso.

«La signora Pirrera».

Quella consultò il computer che tiniva davanti.

«Non può andarci senza il permesso del dottore».

«Mi faccia parlare col dottore».

«Lei è un parente?».

222

«Sono un suo fratello carnale».

«Aspetti un momento».

La grevia s'attaccò a un telefono.

«Ora viene».

Doppo 'na decina di minuti arrivò un quarantino allampanato coll'occhiali e col cammisi.

«Sono il dottor Zirretta. Lei sarebbe?».

«Non sarebbe, sono il commissario Montalbano, di questo ne sono assolutamente sicuro».

L'altro lo taliò 'mparpagliato.

«Ho necessità di parlare con la signora Pirrera».

«È sotto sedativi» disse il dottori.

«Ma capisce?».

«Sì, però le concedo solo cinque minuti. Vada pure. È al secondo piano, stanza 20».

Va a sapiri pirchì, dintra agli spitali si pirdiva sempri. E macari stavolta.

'N conclusioni, quanno deci minuti doppo ce la fici ad arrivari, davanti alla porta attrovò al dottori Zirretta.

«I cinque minuti partono da ora» gli disse il commissario.

La càmmara era a dù letti, ma uno era vacante.

La signora Pirrera, pallidissima, era 'na cinquantina grassa chiuttosto laiduzza.

Tiniva l'occhi chiusi, forsi dormiva. Montalbano s'assittò supra alla seggia allato al letto.

«Signora Pirrera».

La fìmmina raprì l'occhi lentamenti, come se ogni palpebra le pisasse un quintali.

«Il commissario Montalbano sono. È in grado di rispondere a due o tre domande?».

«Sì».

«Ha idea perché suo marito...».

La signora allargò la vrazza.

«Non riesco a...».

«Senta, il signor Pirrera rimase molto colpito dal furto?».

«Fece come un pazzo».

«Ma nella cassaforte c'erano molti gioielli?».

«Forse sì».

«Mi scusi, ma lei non ha mai visto il contenuto della cassaforte?».

«Non ha mai voluto».

«Un'ultima domanda e la lascio riposare. Suo marito, dopo il furto, ha ricevuto qualche lettera, qualche telefonata che...».

«La sera stessa. Una telefonata. Lunga».

«Sentì di cosa si trattava?».

«No, mi mandò in cucina. Ma dopo...».

«Era preoccupato, spaventato, sconvolto?».

«Spaventato».

«Grazie, signora».

Accussì tutto tornava.

Il signor Zeta si era sirvuto di quello che aviva attrovato nella casciaforti per ricattari a Pirrera.

O forsi per istigarlo al suicidio.

'N commissariato c'era Fazio.

«Mi scusasse, dottore, ma quanno mi chiamò stavo parlanno con la vidova Cannavò».

224

«Che ti disse?».

«Stavolta si fissò sulle malatie dell'amici. E quello che aviva avuto la purmuniti e quella che s'era pigliata i reumatismi... M'intronò la testa di chiacchiri inutili. Ma m'arrivilò che Schisa passa facili dalla depressioni all'esaltazioni e che secunno lei è stato per un anno ricoverato in una clinica per malati di mente».

«E questo sarebbe 'mportanti?».

«Beh, dottore, certo che il modo d'agiri del signor Zeta non è che è tanto normali».

«In effetti... E supra all'eventuali novità?».

«Nenti, dottore. Mi giurò che nel gruppo non c'era stato nenti di novo. Opuro, se c'era stato, lei non l'aviva notato».

Ennesimo pirtuso nell'acqua.

«Che mi voliva diri?» spiò Fazio.

«'Na cosa curiusa assà. Mi tilefonò uno e mi disse di considerari morta la Cosulich».

Lungo il corpo di Fazio passò come 'na scossa elettrica.

«Sta babbianno?».

«Figurati!».

Fazio sinni stetti tanticchia muto a riflettiri.

Ogni tanto scoteva la testa negativo. Po' parlò.

«Però mi sona strammo che uno che voli ammazzari a 'na persona lo veni a diri alla polizia».

«Bravo! È priciso quello che ho pinsato io».

«Ed è arrinisciuto ad accapiri allura che voliva ottiniri con quella tilefonata?».

«L'arriversa esatto di quello che diciva».

225

Diciassette

«Cioè?» spiò Fazio 'mparpagliato.

«Voliva la protezioni totali per la picciotta».

«E chi la potrebbi minazzare di morti?».

«Mah... va a sapiri... L'unica è sintiri lei. Chiamala e falla viniri ccà oggi doppopranzo quanno nesci dalla banca».

«Le parlo io o le parla vossia?».

«Le parlamo tutti e dù. Senti 'na cosa».

«Mi dicisse».

«Accanoscenno il tò vizio di collezionista di dati anagrafici, tu di sicuro hai tutto sulle pirsone dell'elenco Peritore. Paternità, maternità, lochi di nascita, parintele...».

Fazio arrussicò.

«Sissi».

«Ce l'hai ccà 'ste notizie?».

«Sissi».

«Portamille e po' vai a tilefonari».

Fazio tornò doppo cinco minuti con dù fogli in mano.

«Ho tilefonato, veni alle setti. E chisti sunno i dati».

«Li talio doppo. Ora minni vaio a mangiari».

Doppo la mangiata, assittato a fumari supra allo scoglio chiatto, il pinsero gli tornò ad Angelica.

E gli vinni 'n menti l'amara conclusioni alla quali era arrivato in quella nottata tirribbili quanno aviva arriflittuto sul joco che Catarella faciva al computer.

Conclusioni che aviva respinto con tutte le sò forzi, ma che ora era 'mpossibbili continuari a mettiri da parti.

Era arrivato il momento della virità. Non si potiva cchiù rimannari.

Vitti a un omo supra al molo che stava addiriggennosi verso il posto indove s'attrovava lui.

Forsi viniva a revisionari il faro.

Po' 'na rumorata di motori diesel arrivò dall'imboccatura del porto.

Si voltò a taliare.

Era un piscariggio che tornava a quell'ura 'nconsueta. Doviva aviri difficoltà al motori, pirchì la rumorata era irregolari.

Nisciun gabbiano lo seguiva.

'Na volta ne avrebbe avuti 'na decina appresso.

Ma oramà i gabbiani non stavano cchiù a mari, ma 'n paìsi, supra ai tetti delle case, degradati a circarisi il mangiare nei cassonetti della munnizza, 'nzemmula ai surci.

Spisso, di notti, macari lui ne sintiva il lamento arraggiato, dispirato.

«Dottore...».

Si voltò di scatto.

Era Fazio.

Era lui che aviva viduto viniri non raccanoscennolo.

Satò addritta.

I sò occhi s'infilaro dintra a quelli di Fazio.

Aviva un rumori come 'na grossa onda dintra al ciriveddro.

In un lampo, accapì pirchì Fazio era davanti a lui, giarno 'n facci a malgrado del soli e della caminata che s'era fatta.

«È morta?».

«Nonsi, ma è gravi».

Cchiù che assittarisi, Montalbano crollò supra allo scoglio.

Fazio gli si misi allato e gli passò un vrazzo attorno alle spalli.

Montalbano sintiva dintra alla testa come un vento furioso che 'mpidiva ai sò pinseri di formarisi, di concatenarisi l'uno all'altro, erano come foglie cadute che la vintata sparpagliava da ogni parti, anzi, manco erano pinseri, ma spezzoni, frammenti, immagini, che duravano un secunno e po' vinivano travolti via, scomparivano.

Si portò le mano alla testa, squasi potissi accussì firmari quel movimento caotico e incontrollabili.

Diomiodiomiodiomiodiomio...

Sulo questo arrinisciva a diri, 'na speci di ritornello che non era prighera ma 'na speci di scongiuro, però senza sono, senza smoviri le labbra.

Provava 'na soffirenza d'armàlo firito in un agguato 'mproviso, avrebbi voluto addivintari un grancio e corriri a 'ntanarisi dintra al pirtuso di uno scoglio.

Po', a picca a picca, quella bufera, accussì com'era accomenzata, principiò a carmarisi.

Si misi, con le narici dilatate, a respirari a funno aria di mari.

Fazio non gli staccava l'occhi di supra, prioccupato.

Passato un certo tempo, il ciriveddro ripigliò a funzionarigli, ma il resto del corpo ancora no.

Aviva 'na speci di oppressioni surda dalla parti del cori, capiva che se provava a susirisi le gamme non avrebbero riggiuto il piso.

Raprì la vucca per parlari, ma non ce la fici, aviva la gola rinsiccoluta, come arsa...

Allura si livò il vrazzo di Fazio da supra alle spalli, si calò tutto di lato a rischio di cadiri a mari, arrinisci a toccari l'acqua, ci affunnò la mano e po' si vagnò le labbra e se li liccò.

Ora potiva parlari.

«Quanno è stato?».

«Doppo l'una e mezza, quanno sunno nisciuti dalla banca per annare a mangiare. Siccome il ristoranti è vicino, ci vanno a pedi».

«Tu l'hai viduta?».

«Sissi, appena hanno chiamato 'n commissariato e ho accapito di che si trattava, mi sugno appricipitato».

«E... l'hai vista?».

«Sissi».

«Come stava?».

«Dottore, è stata colpita propio 'n mezzo al petto.

229

Per fortuna c'era un dottori che le ha tamponato la firita».

Gli vinni difficili rifari la dimanna.

«Sì, ma come stava? Soffriva assà? Si lamintiava?».

«Nonsi. Era fora canuscenza».

Tirò un sospiro di sollievo. Meglio accussì. Ora si sintiva 'n condizioni d'annare avanti.

«Ci sunno testimoni?».

«Sissi».

«Sono 'n commissariato?».

«Sissi. Ma ne ho fatto viniri a uno sulo, quello che m'è parso il cchiù priciso».

«Pirchì non m'hai avvirtuto subito, prima di corriri sul posto? Potivi vinirimi a circari o farimi tilefonare da Enzo».

«E che ci viniva a fari? E po'...».

«E po'?».

«Non m'è parso il caso. Prima volivo essiri sicuro che la Cosulich era ancora viva».

Ebbi la cirtizza che Fazio avissi 'ntuito la sò storia con Angelica.

E ne ebbi subito conferma.

Fazio si schiarì la voci.

«Se addisidera che tilefono al dottor Augello...».

«E pirchì?».

«Per farlo rientrari».

«E pirchì?».

«Nel caso che vossia non se la senti di fari 'st'indagine...».

Fazio era chiaramenti a disagio.

«Me la sento, non ti prioccupari. Me la devo sintiri per forza. È stato per mancanza mia se le hanno...».

«Dottore, nisciuno potiva pinsari che...».

«Io avrei dovuto pinsarlo, Fazio. Avrei dovuto pinsarlo, mi capisci? E doppo la tilefonata anonima non aviria dovuto lassarla senza protezioni manco per un momento».

Fazio sinni ristò muto.

Po' disse:

«Voli che l'accompagno a Montelusa allo spitali?».

«No».

Non avrebbe potuto taliarla stinnicchiata priva di canuscenza in un letto di spitali. Ma forsi quel no l'aviva ditto troppo diciso, troppo risoluto, pirchì Fazio lo taliò tanticchia strammato.

«'Nveci 'nformati come sta e se l'hanno opirata».

Fazio si susì, s'allontanò di qualichi passo.

Parlò al cellulari per quella che al commissario parse un'eternità, po' tornò.

«L'operazioni è arrinisciuta. È in rianimazioni. Ma prima di ventiquattro uri non possono sciogliri la prognosi riservata, non sanno diri se è fora piricolo o no».

Ora era certo che le gamme l'avrebbiro riggiuto.

«Tornamo in ufficio» disse.

Ma per caminare dovitti appuiarisi al vrazzo di Fazio.

«Fammi parlari col testimoni».

«È un ragiuneri, collega della Cosulich, si chiama Gianni Falletta, glielo vaio a chiamari».

Falletta era un trentino chiuttosto eleganti, biunno di pilo, coll'ariata 'ntelliggenti.

Montalbano lo fici assittari. Fazio, che virbalizzava, gli spiò le generalità. Po' 'ntirvinni il commissario.

«Ci dica com'è andata».

«Eravamo usciti tutti in gruppo per recarci al ristorantino. Siccome si trova vicino, ci andiamo sempre a piedi. Angelica camminava da sola un po' più avanti».

«Usava fare così? Non stava con voi?».

«Sì, ma era stata chiamata al cellulare e allora, istintivamente, aveva allungato il passo».

«Prosegua».

«Abbiamo lasciato la via principale, girato l'angolo e ci siamo diretti al ristorante che è in fondo a quella via. A un tratto abbiamo sentito il rombo di una moto di grossa cilindrata alle nostre spalle. Ci siamo tutti spostati a destra e ho visto che Angelica aveva fatto lo stesso».

«Mi scusi, mi pare che lei tenesse particolarmente d'occhio la signorina Cosulich».

Falletta arrussicò.

«Non particolarmente... ma sa come capita... Angelica è una così bella ragazza...».

A chi lo diciva!

«Vada avanti».

«La moto non è che corresse... anzi, andava piuttosto piano... ha sorpassato il nostro gruppo, ha sorpassato Angelica e in quel momento l'uomo che era dietro...».

«Erano in due sulla moto?».

«In due, sì. In quel momento quello che stava dietro si è voltato e ha sparato».

«Un solo colpo?».

«Due».

Montalbano taliò 'nterrogativo a Fazio e quello gli fici 'nzinga di sì con la testa.

«E subito dopo la moto ha accelerato ed è scomparsa» concludì il ragiuneri.

«È riuscito a vedere in faccia l'uomo che ha sparato?».

«Macché! Tutti e due avevano i caschi integrali. Però Angelica è stata in un certo senso fortunata».

«Si spieghi meglio».

«Ho visto distintamente, nell'attimo in cui quell'uomo allungava il braccio con la pistola, che la moto sobbalzava violentemente, forse aveva preso una buca. Il primo colpo è andato a vuoto, il secondo invece ha colpito Angelica in mezzo al petto. Ma sono sicuro che quello aveva mirato al cuore».

«È riuscito a vedere la targa?».

«No».

«Nessuno di voi l'ha vista?».

«Nessuno. Non immaginavamo che... E poi, dopo che hanno sparato, può immaginarsi cosa è successo... C'è stato un fuggi fuggi generale... E poi io non ci pensavo, alla targa...».

«Perché?».

«Il mio primo pensiero è stato... Insomma, sono corso verso Angelica che era caduta in mezzo alla strada».

«È riuscita a dire qualcosa?».

«No. Mi sono chinato, era pallidissima, gli occhi chiusi, mi è parso che respirasse a fatica... e quell'orrenda macchia rossa che le si allargava sulla camicetta... Stavo per sollevarla ma un signore da un balcone m'ha detto di non farlo, che scendeva subito. È un dottore che ha lo studio lì. Quando è arrivato, non solo aveva già chiamato l'ambulanza, ma si è messo subito a tamponare la ferita».

«Grazie, signor Falletta».

«Posso dire una cosa?».

«Certamente».

«In questi ultimi giorni la povera Angelica non era, come dire, del suo solito umore».

«E com'era?».

«Non so... molto nervosa... a volte addirittura sgarbata... era come se avesse il pensiero rivolto a qualcosa di non... piacevole, ecco. Sa, commissario? Da sei mesi, da quando da noi è arrivata la Cosulich, l'atmosfera in banca è cambiata... è diventata più gaia... più vivibile... Angelica ha un sorriso che...».

Si firmò. Sino ad ora era arrinisciuto a controllarisi, ma 'mproviso le sò labbra accomenzarono a trimari, al ricordo del sorriso di Angelica.

E Montalbano accapì che il ragiuneri Falletta, macari lui, era 'nnamurato perso di lei.

Lo compatì.

Quanno Fazio tornò dall'aviri accompagnato a Falletta, Montalbano gli spiò del cellulari.

«Quello della picciotta? Quanno è arrivata l'ambulanza l'ha messo sutta e l'ha fracassato. Non sulo, ma i resti sunno annati a finiri dintra a un tombino».

«Pirchì non ci hai pinsato subito a pigliarlo?».

«Pirchì che la Cosulich stava tilefonanno me lo dissiro quanno era già arrivata l'ambulanza. Troppo tardo, il danno era stato già fatto».

Montalbano sollevò la cornetta.

«Catarella? Chiamami il direttori della Banca siculo americana e po' me lo passi».

«Si chiama Filippone» l'informò Fazio. «Ed è un tipo chiuttosto 'ntipaticuzzo. Qualichiduno dell'impiegati corrì a 'nformarlo e lui arrivò di cursa. E allura...».

«Non pranza con tutti gli altri?».

«Nonsi. Si mangia tanticchia di frutta in ufficio. 'Nzumma, arrivò e l'unica cosa che stetti a ripetiri, mentri s'aspittava l'ambulanza, era che la banca sarebbi nisciuta danniggiata da quella storia».

Il tilefono squillò. Montalbano misi il viva voci.

«Dottor Filippone? Il commissario Montalbano sono».

«Buongiorno, mi dica».

«Avrei bisogno di alcune informazioni».

«Bancarie?».

«Scusi, se telefono a una banca quali informazioni vuole che domandi? Sull'andamento della nuova ondata d'influenza in Malesia?».

«No, ma vede, noi siamo tenuti al segreto bancario. E il nostro modo d'agire, d'altra parte, è la trasparenza nel pieno, assoluto rispetto delle prerogative che...».

«Voglio immediatamente l'elenco dei suoi clienti. Questo non è un segreto».

«Perché lo vuole?» spiò allarmato Filippone.

«Perché sì. Anche noi siamo tenuti al segreto istruttorio».

«Istruttorio?» fici scantato a morti Filippone. «Senta, commissario, al telefono parlare di questi argomenti non è...».

«Allora venga qua. E si sbrighi».

Fazio gli sorridì.

«Gliela sta facenno pagari, eh?».

Filippone s'apprisentò, sudatizzo e ansante.

Era un cinquantino grassoccio, roseo, forsi lontanamente apparentato con qualichi razza suina, squasi senza varba.

«Non ritenga che io voglia in qualsiasi modo ostacolare...» fici assittannosi dignitosamente.

«Non ritengo» disse Montalbano. «Fazio, tu pensi che io possa ritenere?».

«Ritengo di no» disse Fazio.

«Vede? Solo qualche domanda ai fini dell'istruttoria. Tra i suoi clienti c'è qualcuno che appartiene alla famiglia Cuffaro?».

«Non capisco in che senso lei adopera la parola famiglia».

«Da quanto tempo dirige la filiale del suo Banco a Vigàta?».

«Da due anni».

«È siciliano?».

«Sì».

«E allora non mi venga a dire che non sa qual è il significato della parola famiglia da noi».

«Beh… Comunque non ho nessun cliente dei Cuffaro».

L'altra famiglia mafiosa di Vigàta era quella dei Sinagra.

«E dei Sinagra?».

Filippone s'asciucò il sudori dalla fronti.

«Ci sarebbe Ernesto Ficarra che è un nipote di…».

«Lo so chi è».

Montalbano fici finta di pigliari un appunto.

«Di quanto siete esposti con lui?».

Filippone aggiarniò. Ora il sudori gli scorriva a rivoli sulla facci porcina.

«Come l'avete saputo?».

«Noi sappiamo tutto» disse il commissario che aviva sparato alla cieca e aviva fatto centro. «Risponda alla mia domanda».

«Di pa… parecchio».

«Lo sa che Ernesto Ficarra è attualmente sotto processo per associazione mafiosa, spaccio all'ingrosso di stupefacenti e sfruttamento della prostituzione?».

«Beh, qualche voce mi era…».

«Qualche voce! E questa sarebbe la vostra trasparenza?».

Filippone ora era assammarato.

«Un'ultima domanda e poi mi farà la cortesia di andarsene. È suo cliente un tale che si chiama Michele Pennino?».

Filippone si rianimò tanticchia.

«Non lo è più».

«Perché?».

«Mah... volle senza motivo ritirare i...».

«Senza motivo? Lo sa che lei sta rischiando grosso a non dirmi la verità?».

Filippone s'afflosciò come un palloncino spirtusato.

«Avevo dato disposizioni alla signorina Cosulich di... di non formalizzarsi troppo sulle dichiarazioni di provenienza delle somme che il Pennino depositava...».

«Ma la Cosulich un giorno si è ribellata, non ha accettato il deposito e Pennino ha cambiato banca. È così?».

«Sì».

«Vada via».

«Vossia pensa che è stato Pennino a...».

«Manco per idea. Volivo sapiri sulo se quanno la Cosulich mi disse i nomi di Pennino e di Parisi me li fici per depistarimi. Col direttori l'ho pigliata alla larga per farlo scantare e confunniri».

«'Nveci la Cosulich le aviva ditto la virità».

«In parti» ammisi Montalbano.

Fazio raprì la vucca ma la richiuì subito.

«'Ntanto» ripigliò il commissario «non c'è cchiù bisogno che tu continui a 'nformariti se nel gruppo dell'amici dei Peritore capitò, misi fa, qualichi novità».

«Pirchì?».

«Pirchì ce la disse il ragiuneri Falletta».

«Falletta?! E cioè?».

«La novità è stata che la Cosulich arrivò a Vigàta sei misi fa. Forsi lei me l'ha detto, ma me l'ero scordato. Ora abbisognerebbi sapiri chi fu a 'ntrodurla subito nel gruppo. È importantissimo».

Fazio sinni stetti a longo muto.

Po' parlò, taliannosi la punta delle scarpi.

«Dottore, quanno s'addecidi a dirimi tutto quello che sapi o pensa supra alla Cosulich?».

Montalbano 'sta dimanna se l'aspittava da tempo.

«Te lo dico presto. Ma tu portami notizie dell'urtimo nomi, di Schirò. Io ora minni vaio a Marinella, mi sento stanco. 'Nni videmo domani a matino».

Diciotto

Stava nella verandina senza aviri mangiato, aviva la vucca dello stomaco stritta da un pugno.

Pensier (dicea) che 'l cor m'agghiacci e ardi,
e causi il duol, che sempre il rode e lima;
che debbo far...

No, basta con l'Ariosto. E soprattutto basta con l'Angelica della sò gioventù. Non c'era che 'na cosa da fari, era inutili continuari ad addimannarisillo. Procediri dritto, macari se gli costava assà, troppo.

Cavò dalla sacchetta i dù fogli di dati anagrafici che Fazio gli aviva dato, e che s'era pigliato prima di nesciri dall'ufficio, e si misi a studiarli.

Ma non sapiva manco lui quello che circava.

Po' s'interrompì di colpo.

Pirchì 'mprovise, dintra al sò ciriveddro, erano risonate 'na poco di paroli d'Angelica.

... mia madre era di Vigàta... neanche mio padre c'è più... un terribile incidente, qua... avevo cinque anni...

Ebbi come 'na vampata di calori accussì forti che dovitti susirisi e annare a mittirisi sutta alla doccia.

Tornò nella verandina e liggì i dati di Angelica.

Cosulich Angelica, fu Dario e fu Clementina Baio, nata a Trieste il 6 settembre 1979, residente...

Vinni pigliato da 'na speci di smania. Si susì, chiamò il commissariato.

«All'ordini, dottori».

«Catarè, te la senti di fari nuttata?».

«Per vossia milli nuttate, dottori!».

«Grazie. L'archivio del "Giornale dell'Isola" è tutto computerizzato, vero?».

«Sissi. Ci abbiamo già fatto 'na vorta la consurta».

«Allura devi annare a pigliare l'annata 1984. Vidi se riportano la notizia di un incidenti automobilistico nel quali persiro la vita dù pirsone, marito e mogliere, che s'acchiamavano, scrivi bene, Dario Cosulich e Clementina Baio. Ripetimi i nomi».

«Cosulicchio Vario e Clementina Pario».

«Te l'arridetto. Scrivili boni. E appena hai attrovato la notizia, mi tilefoni a Marinella».

Meno mali che la nuttata era di 'na billizza arriposanti e quieta.

Abbastava che Montalbano taliasse il mari o il celo per sintirisi calare di qualichi grado il nirbùso.

Era arrivato al sesto bicchieri di whisky e aviva appena 'ncignato il secunno pacchetto di sicaretti che il telefono sonò.

«L'attrovai, dottori, l'attrovai! L'attrovai e la stampai!».

La vuci di Catarella era trionfanti.

«Leggimilla».

Catarella attaccò a leggiri.

*Vigàta, 3 ottobre 1984. Dal nostro corrispondente. Sta-
mattina, dalla donna delle pulizie, sono stati ritrovati, nella loro abitazione di via Rosolino Pilo 104, i corpi senza
vita di Dario Cosulich, di anni 45, e di sua moglie Clementina Baio, di anni 40. Si è trattato di un omicidio suicidio.*

*Il Cosulich, dopo avere ucciso la moglie con un colpo di
pistola, ha rivolto l'arma contro se stesso. Dario Cosulich,
triestino, si era trasferito sette anni fa nel nostro paese apren-
do un negozio all'ingrosso di tessuti. Dopo un fiorente inizio, gli affari erano cominciati ad andare male. Una settimana prima del tragico fatto il Cosulich aveva dovuto chiedere il fallimento. Il movente della gelosia è escluso. Pare che
il Cosulich non ce la facesse più a fronteggiare le esose ri-
chieste degli strozzini ai quali aveva dovuto rivolgersi.*

Ammancava sulo l'urtima tessera al mosaico che
oramà aviva bello e chiaro davanti. Tornò nella verandina e ripigliò a leggiri i fogli coi dati.

Ma s'addunò subito che l'occhi gli facivano pupi
pupi.

E arrivato all'unnicesimo nomi, quello di Schisa Ettore, che era nel secunno foglio, provò 'na speci di scossa elettrica.

Allura tornò a leggiri i nomi del primo foglio.

E tutto 'nzemmula accapì che forsi aviva attrovato
l'urtimo pezzo che ammancava.

*Cosulich Angelica, fu Dario e fu Clementina Baio, na-
ta a Trieste il 6 settembre 1979, residente a Vigàta in via…*

Schisa Ettore, fu Emanuele e di Francesca Baio, nato a Vigàta il 13 febbraio 1975, residente a Vigàta in via...

Un punto di contatto minimo, certo, che potiva, al riscontro, arrivilarisi del tutto casuali.

Forsi Fazio, con Schisa, ci aviva 'nzertato.

Taliò il ralogio. Era l'una passata. Troppo tardo per tutto.

Dal mari, 'mprovisa, 'na voci gli gridò:

«Commissario Montalbano! Vatti a corcari!».

Doveva essiri qualichiduno supra a 'na varca che voliva babbiare e che nello scuro non si vidiva.

Si susì.

«Grazie! Accetto 'u consigliu!» gridò a sua volta.

E si annò a corcari.

Il tilefono l'arrisbigliò alle otto del matino. Era Fazio.

«Dottore, solo per dirle che ho tilefonato a un amico che sta nello spitali. La signorina Cosulich ha passato 'na bonissima nuttata e i medici sunno ammaravigliati dalla sò viloci ripresa».

«Grazie. Dove sei?».

«In ufficio».

«I fogli coi dati anagrafici che m'hai dato sono originali o 'na copia?».

«'Na copia. L'originali ce l'ho ccà».

«Hai avuto tempo per taliarli?».

«Nonsi».

«Allora pigliali e confronta le generalità della Cosulich e di Schisa».

«Minchia!» sclamò Fazio doppo un momento.

«Ora, mentri io mi lavo e mi vesto, tu metti 'n moto il tò genio anagrafico. Chiaro?».

«Sissi. Vaio subito 'n municipio».

«Ah, niscenno, fatti dari da Catarella l'articolo che mi liggì stanotti e dunaci un'occhiata».

Dù cicarunate di cafè lo ficiro tornari in piena lucidità. Sarebbi stata 'na jornata dura. 'N commissariato attrovò a Fazio.

«Sono stato all'ufficio anagrafe. Clementina e Francesca Baio sorelle erano. E ora che facemo?».

«Ora procidemo secunno copione. Annamo ad attrovari al dottor Ettore Schisa».

«Dottore, mi scusasse se mi permetto, ma non sarebbi meglio 'nformari prima al pm?».

«Sarebbi meglio, ma io non haio gana di perdiri tempo. Voglio essiri fora da 'sta storia prima che posso. Amuninni. Ce l'hai un registratori tascabbili?».

«Sissi, lo vaio a pigliare».

Davanti al 48 di via Risorgimento, Fazio firmò.

Era un palazzo di quattro piani, tanticchia malannato.

«Schisa abita al secunno» disse Fazio.

Trasero nel portoni. Non c'erano né purtunaru né ascensori.

Mentri acchianavano, Fazio si pigliò il revorbaru, se lo 'nfilò nella cintura dei pantaloni e s'abbuttonò la giacchetta. Montalbano lo taliò.

«Dottore, s'arricordasse che quello mezzo pazzo è».

Fazio sonò il campanello. La porta vinni rapruta poco doppo.

«Il dottor Ettore Schisa?» spiò Montalbano.

«Sì».

Il commissario ristò 'mparpagliato.

Schisa doveva aviri manco trentacinco anni, 'nveci l'omo che aviva davanti ne addimostrava 'na cinquantina e oltretutto malo portati.

Trasannato, con le pantofoli, la varva longa, i capilli spittinati, non si cangiava da jorni la cammisa, il colletto era grigio di grascio.

Aviva occhi sparluccicanti come a quelli di un malato o di un drogato. E sutta all'occhi dù calamari bluastri che parivano pittati e lo facivano assimigliari a un clown.

«Il commissario Montalbano sono e questo è l'ispettore Fazio».

«Prego» fici Schisa facennosi di lato.

Trasero. Subito Montalbano avvertì che l'aria dintra a quella casa era malatizza, pisanti, irrespirabili. Non c'era il minimo ordini dintra alle càmmare grannissime. Passanno per annare in salotto, Montalbano vitti un piatto con resti di pasta supra a 'na seggia nel corridoio, un paro di quasette supra a un tavolinetto, pantaloni, libri, cammise, bicchieri, bottiglie, tazze di cafè lorde ghittati 'n terra. Schisa li fici accomodari.

Per assittarisi nella sò pultruna, Montalbano dovitti livari prima un paro di mutanne usate e fituse che c'erano supra. A sò volta, Fazio livò un posacinniri chino chino di cicche di sicarette.

«Dottor Schisa, noi siamo venuti per...» principiò il commissario.

«Lo so perché siete venuti» l'interrompì Schisa.

Il commissario e Fazio si scangiaro 'na rapita taliata.

Forsi la cosa sarebbi stata cchiù semplici di quanto avivano pinsato.

«E allora ce lo dica lei» disse Montalbano.

«Posso mettere in azione il registratore?» spiò Fazio.

«Sì. Voi siete venuti per i furti».

E s'addrumò 'na sicaretta. Montalbano notò che le mano gli trimavano.

«Ha indovinato» disse il commissario.

Schisa si susì.

«Non voglio farvi perdere tempo. Mi usino la cortesia di seguirmi».

Lo siguero.

Si firmò davanti alla porta dell'urtima càmmara di un longo corridoio. La raprì, addrumò la luci, trasì.

«Qua c'è tutta la refurtiva. Non manca niente».

Montalbano e Fazio strammaro. Non si l'aspittavano.

«Allora non era vero quello che m'ha scritto?» spiò il commissario.

«No. I tre sono stati sempre abbondantemente pagati da me in contanti dopo ogni furto. Loro facevano una valutazione, una stima, e io pagavo. Mi sono ridotto in miseria, ora non ho più un euro».

«Come ha trovato i soldi?».

«Col mio stipendio di medico di base non sarei mai

riuscito a raccogliere il denaro che mi serviva. Anni fa ho vinto una grossa somma al Totocalcio e l'ho messa da parte».

«Mi permette che guardo attorno?» fici Fazio.

«Prego».

Fazio trasì nella càmmara calannosi a taliare la robba ghittata 'n terra alla sanfasò. I quatri erano appuiati al muro.

«Mi pare che mancano i gioielli e le pellicce denunziate dalla signorina Cosulich» disse alla fini dell'ispezioni.

«Mancano perché non sono mai stati rubati. Non sono mai esistiti» fici Schisa.

«Quel furto quindi doveva servire in qualche modo a coprire la Cosulich, vero?» spiò Montalbano.

«Esatto. Vogliamo tornare di là?».

S'arritrovaro 'n salotto.

«Ora le domande le faccio io» disse il commissario. «Lei, dottor Schisa, ha architettato una serie di furti per confondere le acque sull'unico furto autentico che veramente l'interessava, quello in casa Pirrera. Che c'era nella cassaforte?».

«Pirrera era un lurido usuraio privo di qualsiasi scrupolo. Ha rovinato decine di famiglie. Comprese quelle di Angelica e la mia».

«Perché la sua?».

«Perché mio padre e Dario Cosulich avevano sposato le sorelle Baio. E mio padre era socio di Dario nel magazzino di tessuti. Zio Dario uccise la moglie e si sparò, mio padre morì di crepacuore due anni dopo. Da allora non ho pensato ad altro che a vendicarli».

«Risponda alla domanda: che c'era nella cassaforte?».

«Due filmini in super otto. E alcune fotografie. Quando le sue vittime non avevano più soldi, esigeva pagamenti in natura. I filmini lo mostrano in azione con due bambine, una di sette e l'altra di nove anni. Vuole vederli?».

«No» disse Montalbano facenno 'na smorfia. «Ma lei come ne è venuto a conoscenza?».

«Perché Pirrera si dilettava a farli vedere alle disgraziate che erano costrette ad andarci a letto. Io sono riuscito a rintracciare una di queste donne, l'ho pagata e mi ha rilasciato una dichiarazione scritta».

«Quando ha preso la decisione di vendicarsi?».

«Dall'età della ragione. Ci pensavo da sempre, ma non sapevo come fare».

«È stato l'arrivo di sua cugina Angelica a...».

«Sì. Tutto è maturato quando Angelica è stata trasferita qua. Ne abbiamo parlato per notti intere. Lei, all'inizio, resisteva, era contraria, ma poi, a poco a poco, sono riuscito a convincerla».

«Come avete fatto a reclutare i ladri?».

«Sapevo che Angelica... insomma lei di tanto in tanto s'incontrava con...».

«So tutto» disse Montalbano.

«Ecco, le suggerii di cercare, tra quegli uomini, se ce n'era qualcuno disposto a... E un giorno s'imbatté nell'uomo giusto. Angelo Tumminello. Quello che è stato ferito da un vostro agente e che gli altri due hanno ammazzato».

«Può farmi i nomi dei due compagni di Tumminello?».

«Certamente. Si chiamano Salvatore Geloso e Vito Indelicato. Sono di Sicudiana».

Fazio si scrissi i nomi supra a un pizzino.

«Ora mi dica perché i due hanno sparato alla Cosulich».

«Questa è una faccenda più complessa. Vede, Angelica, quando lei andò a trovarla a casa dopo il furto, disse a me, in presenza degli altri tre, che avevate fatto amicizia. Tant'è vero che lei aveva accettato di non parlare del furto nella cameretta che Angelica ha nella villa del cugino».

«Un momento» l'interrompì il commissario. «Vi riunivate lì per organizzare i furti?».

«Sì. Allora Tumminello le suggerì di attaccarsi a lei, in modo che potessimo sapere in anticipo i suoi movimenti».

Fazio si stava studianno il pavimento, non osava isare la testa.

«Quando lei le disse che si sarebbe appostato per sorvegliare la villetta degli Sciortino, io le proposi di raggiungerla. E lei accettò. Senonché ci richiamò dopo poco dicendoci che aveva ricevuto una sua telefonata, commissario, con la quale lei le comunicava che quell'appostamento era stato annullato. È vero?».

Fazio isò di scatto la testa e lo taliò.

Montalbano vinni pigliato di sorpresa, ma s'arripigliò

'mmidiato, mentri 'na para di campani a festa accomenzavano a sonari dintra di lui.

«È vero» ammise.

Era 'na farfantaria grossa quanto 'na casa, ma a quel punto...

«Ma quando i tre caddero nel tranello e Tumminello venne ferito, gli altri due si convinsero che Angelica li aveva traditi» proseguì Schisa.

«La frase che lei ha scritto nella lettera anonima sulla possibilità di un fattore imprevisto si riferiva all'eventuale tradimento di Angelica?».

«Sì».

«Quindi, come i suoi complici, non aveva più fiducia in lei?».

«Oddio, all'inizio ero altalenante. Poi mi sono convinto che Angelica non ci aveva traditi. Le telefonai e la sentii sincera. Lo dissi agli altri, ma...».

«A proposito di lettere anonime. Nella prima, quella con la quale voleva mettermi nei guai, lei non rivelò il vero uso che Angelica faceva della sua cameretta. Perché?».

«Non avevo nessun interesse a sputtanarla o a metterla in difficoltà. Dovevo anzi proteggerla».

Come nel joco di Catarella. Ci aviva 'nzertato.

«Vada avanti».

«C'è poco da dire. Ho cercato di convincerli che si sbagliavano, ma è stato inutile».

«Ha telefonato lei, contraffacendo la voce, per mettermi in guardia sul pericolo di morte che correva la Cosulich?».

«Sì, m'è sembrata una buona idea, ma i cretini hanno trovato il modo di spararle lo stesso».

«Lei personalmente ha partecipato al furto in casa Pirrera?».

«Tumminello era stato già ammazzato. Non ho potuto farne a meno. Altrimenti tutto il mio lavoro sarebbe stato vanificato da quella morte».

«Quando è entrato in possesso dei filmini e delle foto ha telefonato subito a Pirrera?».

«La sera stessa del furto. Gli ho detto che avrei mandato l'indomani, anonimamente, tutto il materiale a lei, commissario».

«Sapeva quale sarebbe stata la conseguenza della sua telefonata?».

«Come no? Ci contavo che s'ammazzasse! Ci speravo ardentemente! Pregavo Dio! E l'ha fatto, il porco!».

E accomenzò a ridiri.

Fu 'na scena tirribbili, pirchì non la finì cchiù.

S'arrutuliava 'n terra e ridiva. Sbattiva la testa al muro e ridiva.

A un certo punto gli vinni la vava alla vucca. Allura Fazio s'addicisi. Gli s'avvicinò e gli mollò un gran cazzotto al mento. Schisa cadì 'n terra sbinuto e Fazio s'attaccò al cellulari per chiamari rinforzi. C'era da perquisiri tutto l'appartamento, fari l'inventario, 'nzumma un gran travaglio.

«Chiama macari a un medico» gli suggerì Montalbano.

'Nfatti Schisa, quanno rinvenni, ripigliò a ridiri vaviannosi.

Non arrinisciva a stari addritta e se lo mittivano assittato colava 'n terra come se fusse gelatina.

Allura il commissario accapì che forsi difficilmenti Schisa sarebbi tornato a essiri normali.

Qualichi cosa si era rumputa dintra di lui. Per anni era stato mangiato vivo dalla gana di vendetta e ora che l'aviva ottinuta tutto il sò corpo, ciriveddro, nerbi, muscoli, si era sfasciato.

Il medico chiamò 'n'ambulanza e se lo portò via.

Sulo quanno Fazio ebbi ritrovati i filmini e le fotografie, Montalbano lassò l'appartamento. Aviva attrovato 'na fotografia d'Angelica con Schisa e se l'era mittuta 'n sacchetta.

Si misi 'n machina e annò a parlari con Tommaseo.

Gli contò ogni cosa, mittenno 'n rilevo che la refurtiva era stata arrecuperata tutta, che Schisa era un pazzo, che comunque non aviva ammazzato a nisciuno, che aviva bone ragioni per vinnicarisi e che Angelica era stata completamenti subornata dal cugino.

Tommaseo fici diramari l'ordini 'mmidiato di cattura per Geloso e Indelicato. Po', con aria 'ntirissata, il pm addimannò:

«Com'è la ragazza?».

Senza diri 'na parola Montalbano cavò dalla sacchetta la foto e gliela pruì.

Tommaseo pirdiva la testa darrè a ogni beddra picciotta. E, mischino, non gli s'accanosciva 'na fìmmina.

«Gesù!» disse 'nfatti il pm, sbavanno pejo di Schisa.

Quanno tornò a Vigàta erano le dù passate. Non aviva pititto, ma la passiata al molo se la fici lo stisso.

Ora che aviva fatto squasi tutto quello che aviva da

fari, pirchì ammancava ancora la parti cchiù difficili, un sulo pinsero gli firriava testa testa.

Sempri lo stisso.

S'assittò supra allo scoglio chiatto.

Or si ferma su un sasso, e guarda il mare,
né men d'un vero sasso un sasso pare.

Immobili, con un sulo pinsero.

Angelica non mi ha tradito.

E non arrinisciva a capiri se quel pinsero gli dava piaciri o dolori.

Non sarebbi mai voluto arrivari 'n commissariato. E mille volte maledicì il sò misteri di sbirro.

Ma quello che annava fatto, annava fatto.

«Ho parlato col dottore» disse parlanno 'n taliàno Fazio. «La Cosulich è in grado di ricevere la notifica».

Taliò al suo capo e po' disse con voci neutra:

«Se voli ristari ccà, ci vaio io sulo».

Sarebbi stata l'urtima vigliaccata.

«No, vegno con tia».

Non raprero vucca per tutto il viaggio.

Fazio s'era 'nformato sul nummaro della stanza, fu lui a guidari il commissario che caminava come un automa.

Fazio raprì la porta della càmmara e trasì.

Montalbano ristò nel corridoio.

«Signorina Cosulich» fici Fazio.

Montalbano contò fino a tri, raccoglì tutte le sò forzi, e trasì macari lui.

La tistata del letto era stata tanticchia rialzata.

Angelica aviva la maschira dell'ossigeno e taliava a Fazio.

Ma appena vitti trasiri a Montalbano, sorridì.

La càmmara s'illuminò.

Il commissario chiuì l'occhi e li tinni 'nserrati.

«Angelica Cosulich, lei è in stato d'arresto» sintì che Fazio diciva.

Allura voltò le spalli e sinni scappò fora dallo spitali.

Nota

A Roma, qualche tempo fa, una banda di ladri ha svaligiato numerosi appartamenti con la tecnica descritta in questo romanzo.

Tutto il resto, nomi di persone, d'istituti, fatti, situazioni, ambienti e quant'altro sono di mia invenzione e non hanno alcuna attinenza con la realtà.

Ammesso che da un romanzo la realtà la si debba considerare esclusa.

Il sorriso di Angelica è il primo libro che pubblico con Sellerio dopo la scomparsa della mia amica Elvira.

Elvira dopo la lettura del dattiloscritto mi telefonò segnalandomi un errore madornale che era sfuggito alle diverse e attente revisioni mie e di altri.

Qui lo ricordo solo per raccontare a voi e ricordare a me la cura, l'attenzione e l'affetto coi quali Elvira leggeva i suoi autori.

A. C.

Indice

Il sorriso di Angelica

Questo volume è stato stampato
su carta Palatina
delle Cartiere Miliani di Fabriano
nel mese di novembre 2010
presso la Leva Arti Grafiche s.p.a. - Sesto S. Giovanni (MI)
e confezionato
presso IGF s.p.a. - Aldeno (TN)

La memoria